초자연적 3D 프린팅
황유원 시집

문학동네시인선 177 황유원
초자연적 3D 프린팅

시인의 말

관상용 식물은 눈이 없으면 필요
없어진다
그리고 우리는 눈의 노예가 아니다

지하철에서 꽂고 있는 이어폰은 귀가 없으면 필요
없어진다
우리는 귀의 노예도 아니다

귀가 후 마시는 한 잔의 위스키는 코가 없으면 필요
없어진다
우리는 코의 노예도 아니다

진심을 다해 부르는 노래는 혀가 없으면 필요
없어진다
우리는 혀의 노예도 아니다

외로울 때 서로 살 비벼대는 일은 피부가 없으면 필요
없어진다
우리는 피부의 노예도 아니다

그리고 무엇보다도 시는
마음이 없으면 필요 없어진다
우리는 마음의 노예까지도 아니다

나는 밤의 해변에 홀로 앉아
이 모든 것을 초자연적 3D 프린터로
백지 위에 고요히 출력해본다

2022년 8월
황유원

차례

1부 밤의 행글라이더는 밤의 행글라이더

2부 여몽환포영

3부 모두가 모든 걸 한다

4부 무한대의 밤

1부

밤의 행글라이더는 밤의 행글라이더

검고 맑은 잠

창문을 열어놓은 채 홀로 물이나 한잔
따라 마시고 있을 때
그는 꼭 화선지에 칠해진 검은 밤 같다

벼루에 찬물 따르고 먹을 갈면
거기서 풀려나온 새까만 밤이
물속에 고이고

이 밤이 벼루에서 나온 것인지 먹에서 나온 것인지
아니면 벼루에 먹을 갈던 손의 움직임에서 나온 것인지
는 확실치 않지만

물속에 고인 밤은 확실히
깊고
고요하여

그 밤을 묻힌 붓은 이미 붓을 초과하는 무엇이고
그 붓 지나간 자린 모조리 한밤중 텅 빈 골목이 되어
누군가 밤새 그곳을 서성이며 불어오는 바람 속에 서 있
게 된다는 사실만큼은

거기 놓인 문진의 무게만큼이나
확고

부동한 밤

차고 맑은 바람 스민 글자들 정서해
종이의 온몸에 한기가 들게 만든다
이 차고 맑은 밤이 종이 위로 옮겨가는 만큼
자신의 잠도 차고 맑아질 줄로 믿으며

그는 자신의 밤이 몇 개의 검고 맑은 글자로 고여
계절 속에 서서히
말라가는 걸 본다

문득 잠에서 깨 바라보면
모든 게 예외 없이 말라가고 있고

불을 꺼놓고 잠들었는데도
밤은 또 이토록 생생하고

한산(寒山)에서

겨울엔 발이 차다
마음은 안 시리고
양손도 따뜻한데
찬 발이 떼로 시리다
그날 퇴근길에 괜스레 걸어봤던 동호대교
얼어붙은 한강 위에 서 있다 일렬로 날아오르던
새떼들 생각을 한 것도 아닌데
찬 발이 겨울 같다
네가 십 년 전에 사준 등산 양말을 나는 아직도
겨울마다 꺼내 신는다
방안에서만
밖에서는 안 신고
발이 시린 방안에서만 신다가
겨울이 사라질 것 같으면 다시 벗는다
시린 발로
그동안 가본 모든 차가운 나라라도 다시 가본다
발이라도 차야 한다
마음이 안 시리면
양말이라도 벗어야 한다
그러다 문득 다시 밀려오는 새벽에 발이 시리면
나는 어디도 갈 수 없을 것만 같고
나는 어디로도 갈 수 있을 테지만
어디로 가도 여기서 벗어날 수 없을 것만 같아

시린 발이 새벽 같다
모든 새벽의 발이 시리고
모든 새벽의 발이 양말을 신길 꺼리는 것 같다
늦은 새벽 술자리에서 꼰대는
자꾸 내게 너는 시인이니까
멋진 마무리 멘트나 하나 해보라는데
시인은 그런 거 대신 그저 양말이나 벗고
시린 맨발이나 보여줄 수 있을 뿐이다
밤새 미친놈처럼 맨발로 혼자
겨울 산에나 오를 수 있을 뿐이다
정신 못 차릴 정도로 멋진 생각이 떠오를 때까지
그 생각 읊어줄 생각에 이가 다 시려올 때까지!
그러다 발이 사라질 것 같을 때쯤
정신이 번쩍 들어
이제는 발목 다 늘어난 양말 양손으로 벌려
그 속으로 너무 늦게 들어가보기도 한다
사라질락 말락 하던 발이
양말 속에서 말랑말랑해질 때까지
선배 시인 한산(寒山)도
산중의 추운 밤이면
옛날에 누가 사준 양말 꺼내 신고 잤을까
알 수 없지만
벌써 십 년이란 세월이 흘러갔지만

나는 아직 잊지 않았다
이제 이 양말은 전신이 축 늘어져
집에서밖에는 신을 수 없게 돼버렸지만

짧은 술자리

입을 틀어막고 우는 울음도 있지만
그냥 그대로
고여 있는 울음이 있다

놀러온 인간들이 다 꺼내 마시고
웃고 떠들다 만취할 때까지
쏟아지지 않고
그저 자리만 옮기는 울음

내 안에서 네 안으로
그것은 옮겨간다
역의 대합실에서
잠든 밤 기차로 옮겨가는 여행자처럼

끝내 고요한 울음이 있다
늘 수평하고
초지일관이므로
누구도 그에 대해 뭐라 하지 못하고
지나갈 땐 그 앞에서 예를 갖춘다

무덤덤한 무덤

오늘 같은 날은 무덤가에서
고기 굽고 술 먹고 싶다
고기 굽고 술 먹다 졸리면
옆에 있는 아무 무덤이나 열어제끼고 들어가
안에서 잠들고 싶다
고기 냄새 술냄새 풍기며 죽은 이를 깨워 거기서 내쫓고
내가 거기를 온통 독차지하고 싶다
죽은 이가 꾸던 꿈을 도중에 가로채
죽음과 삶 모두를 내 것으로 하고 싶다
무덤덤하게
무덤덤하단 말은 분명 무덤에서 나왔을 터
누가 자꾸 무덤에서 기어나온다
기어나와 무덤 옆에 무덤덤히 앉아
흐려진 건 눈인데 자꾸 안경이나 벗어 닦고 있는 그는 도
무지
믿을 수가 없는 것이다
이 아름다운 산하와 대지가 훗날
자기가 드러누워 평생 잘 무덤이 된다는 게
갑자기 모든 게
무덤 속에서 기어나와 다시 무덤 속으로 기어들어가기라
도 한 것처럼
조용해진다는 게
아무래도 오늘 저녁엔 무덤가로 기어나가

고기를 굽고 술이나 쳐야겠어
같이 앉아 고기를 굽다보면 다들 공범이 된 듯해
좀 안정이 되고
무덤가에서 먹는 고기와 술은
아무래도 무덤가가 아닌 곳에서 먹는 고기와 술보다 훨씬
맛이 있고
그러다 어느새 혼자만 남게 되었을 때 다시 아무렇지 않
은 척
한 발 한 발 무덤 속으로 기어들어가기 위해서라도 제발
무덤덤해져야 한다
술에 취해 도처의 곧은 선들 죄다
능선으로 휘어지고
그제야 무덤은 무덤다워져
도처에 무덤만이
쓰러지는
신들처럼
코를 골 때
그러니까 이런 날 술자리는 그냥 먹고
죽자는 말
제법 풍취가 있다 죽은 자만의 곤조가 있어
"음, 아무래도 오늘 난 여기서 하룻밤 자고 가야겠군!"
오늘도 함소입지(含笑入地)한 자를 입안 가득 삼켜
속에 꺼지지 않는 웃음을 품게 되었다

밤의 행글라이더

밤의 행글라이더는 밤의 행글라이더
어디까지 날아가나
언제까지 날아가나
바보같이 저렇게
날아가기만 하고 있을 텐가
밤의 행글라이더는 밤의 행글라이더
낮의 행글라이더도 아니고
밤의 산토끼도 아닌
밤의 행글라이더는 밤의 행글라이더
불 모두 꺼진 언덕 위로
혼자 프로펠러를 돌리며 날아가는
고무 동력기를 측은하게 바라보다 방향을 잃고 마는
바보 천치 머저리 등신……
밤의 행글라이더는 밤의 행글라이더
밤의 행글라이더에 올라타 끝없이 펼쳐지는 밤의 언덕 내
려다보며
불어오는 바람에 온 몸과 마음을 맡겨만 본다
내 온 몸과 마음을 맡은 밤의 행글라이더가 아무 말 없이
날아가기만 한다
밤의 행글라이더는 밤의 행글라이더
이 비행이 언제부터 시작되었는지 알 수 없다
알 수 있다면 슬프지도 않았을
그러므로 애초에 이 비행은 성립되지도 않았을

밤의 행글라이더는 이제 힘이 다해간다

밤의 행글라이더에 올라탄 나는 그것을 느끼고 밤의 행글라이더를 쓰다듬어준다

숨막히는 행글라이더를 불쌍히 여겨준다 마치 그것이 나인 것처럼

마치 그것의 비행이 나의 비행이라도 되는 것처럼

나는 추락하는 밤의 행글라이더를 내 무덤으로 삼아주고 그것과 함께 추락해준다

밤의 행글라이더는 밤의 행글라이더

오늘밤의 비행은 이것으로 끝나지만

내일 밤은 또 어떤 비행이 펼쳐질지 알 수 없다

펼쳐진다

펼쳐지는 그것이 원래 얼마나 많이 접혀 있었던 것인지 알 수 없다

낮에는 있지도 않았을 밤의 행글라이더

밤만 되면 나타나 끝없이 언덕만이 펼쳐지는 지구를 누비며

나를 못살게 구는 행글라이더

행글라이더 행글라이더

행글라이더라는 발음 속에 사는

그러나 행글라이더라는 발음 밖에도 존재하는

밤의 행글라이더

추락하는 밤의 행글라이더

새도 아니면서
새의 뜨거운 심장도 가지고 있질 않으면서
어찌 보면 새처럼도 보이는
바람에 빌붙어먹는 더러운 행글라이더
나를 달리게 만들고 기어코 뛰어내리게 만드는 사랑하
는 나의
행글라이더
사랑하는 나의 밤의 행글라이더
사랑하는 나의 밤이 지나고 낮이 지나고 다시 찾아온 밤
의 행글라이더
오르면 잠시 용감해지다
이윽고 슬퍼지는
무한한 나의
밤의 행글라이더는 밤의 행글라이더
양날개의 균형을 닮은 이 문장을 주문처럼 반복시키며
나는 그만 이 시를 끝내지만
이 시는 끝나고도 계속 날아가고 있다
밤의 행글라이더는 밤의 행글라이더
밤의 행글라이더는 밤의 행글라이더

밤의 벌레들

불을 켜자마자 혼비백산하여 도망치는 벌레들이 있습니다
자, 한번 생각해봅시다
당신이 불을 켜기 전 벌레들이 담겨 있던 어둠은
얼마나 아늑하고 그윽한 것이었겠습니까?
혼비백산하여 도망치는 벌레들을 미안한 마음으로 바라
보며
그러나 말이 통하지 않아 사과도 할 수 없다는 사실에
망연자실해하며 자, 한번 곰곰이 생각해봅시다
당신이 불을 켜기 전 벌레들은 얼마나 천천히
얼마나 우아하게 이 욕실 바닥 위를 기어다니고 있었겠
습니까?
그 바닥에 자신들을 해할 것은 아무래도
없을 거라는 생각에 안도하며
세상 편안한 마음으로 스멀스멀 기어다니고 있었을 거라
이 말입니다 그렇지 않겠습니까?
당신이 불을 켜자마자
갑자기 없던 혼이라도 생겼다 빠져나간 듯
그렇게 급조된 영혼이 황급히 빠져나가는 통에 미처 그
영혼과
작별인사도 못하고 헤어져버린 벌레들이
발발발 여기저기 흩어지는 걸 죄지은 마음으로 바라보며
자, 다시 한번 잘 생각해봅시다
당신이 불을 켜기 전 벌레들을 뒤에서

옆에서 앞에서
감싸고 있던 그
그윽한 고독과 어둠을
그 어둠의 우월함에 대해 한번 말입니다
생각만 해도 사방에서 당장 밀어닥칠 듯한
그 물샐틈없는 어둠 속 고독……
당신은 거실에서 혼자 눈감고 음악을 듣고 있었는데
퇴근 시간이 훨씬 넘어서까지 밥도 못 먹고 일한 당신은
마침내 집에 도착해 깨끗한 빈속에 깨끗한 음악을 채워
넣고 있던 참인데
갑자기 유리창에 커다란 짱돌이 날아와 그 정적을 한순
간에 모두
깨뜨려놓고
그 틈으로 찬바람이 숭숭 새어 들어오는 겁니다
완벽히 고여 있던 음악은 깨진 창 틈새로 술술
빠져나가고
당신은 갑자기 어쩔 줄 몰라하며
사라지는 음악을 두 손으로 움켜잡아보지만
그 음악은 이미 찬바람의 손에 잡혀 갈가리
찢겨진 후……
자, 한번 생각해봅시다 그리고 깊이 공감해봅시다
당신에게는 깊은 공감 능력이 결여되어 있습니다
'벌레 같은'이라는 관용구를 그 뜻도 모르면서 아무렇게

나 사용하는 당신
　자, 마침내 화장실 변기에 앉아 생각에 잠겨 있는 당신
　준비는 완벽합니다 준비라고 따로 할 게 없군요
　그러니 한번 두 눈을 감고
　이미 다 사라져버린 벌레들을 마음속으로 뒤쫓아가
　그 단단한 껍질 속으로 들어가봅시다
　벌레가 되어
　벌레의 절망감을 조금이나마 나눠 가져봅시다
　벌레의 내장 깊은 곳에 아직 조금은 남아 있을 어둠을 찾아
　그 속에 들어앉아
　아직 채 가라앉지 않은 떨림 속에서
　아까 듣던 그 음악을
　계속
　이어서 들어봅시다

표절

꿈에 누가 내 시를
표절한 시를 보았다
개소리라는 거 알지만
세 편 모두 그랬다
그는 내 시의 문장들을 교묘하게 줄이거나
변형시켜놓았는데
일차적인 감정은 분노와 억울함이었으며
이차적인 감정은 어떤 문장은 차라리 내 것보다 신선했
다는 것이었다
그것이 그의 시라는 것을 인정하는 데
시간이 좀 걸렸지만
결국 인정하기로 했다
용서하기로 했다

어느 파리 날리는 옛 시골 다방
거기 그의 시가 액자 속에 담겨 걸려 있을 것만 같다
누가 그에게서
나를 읽고 갈 것만 같다
그가 나를 표절했다
라고 하지 않고
누가 와서 그에게서
나를 읽고 갔다
라고 하니 내가

늘어나는구나
내가 퍼지는구나
향기처럼

이래도 되는 걸까
내가 저기도
여기도
있게 되는구나

밤의 병실

문병 갔다가
나는 간혹 불 꺼진 텅 빈 병실에 숨어들어 아무 침대에
나 한번
누워본다

그러면 예전에 누군가 거기 누워 앓았던 병이 내 것인 것
만 같고
나는 어느새 그 병을 이겨내고 이윽고 퇴원 준비를 하는
사람 같고

여기서 뭐하시는 거예요? 하고 간호사가 물으면
배시시 웃으며 옛날 일이 생각나서 한번 와봤어요, 하고
말해준다
그럼 간호사도 웃고
병실 동료들도 웃고
수호천사도 웃어

우리 여기 들어가서 잠깐 같이 누워볼래?
하고 말해주던 엉뚱하고 대담한 사람이 있었다
둘이 몰래 들어갔다
그것으로 잠시 회복하고
누구도 들렀다 가지 않은 것처럼
둘이 몰래 조용히 빠져나온

밤의 병실이 있었다

다리와 물

다리 아래로 지금도 물은 힘차게 흘러가고 있고
흘러가고 말하는 사이에도 다른 물이 밀려와 저 너머로
다시
흘러가고 있고
흘러가고 있고 흘러가고 있고 모든 게 흘러가고 있고
다리는 굳건하고
다리는 흘러가는 물과 함께 늙어가고
아래로 흘러가는 물을 굽어보며
늘 처음인 듯
오랫동안 서로 얼굴을 맞댄 사이인 듯
아무려면 어떠냐는 식으로 흘러가는 물을 쳐다보고
물은 각자 다르지만 모두가 저 다리를 쳐다본 적이 있고
저기서 미련하게 자리를 지키며
멍청할 만큼 제자리를 지키며 물만을 바라보는
다리를 물은 사랑할 것도 같고
증오할 것도 같고
하지만 그런 생각조차도 모두 흘러가고 흘러가고 흘러가
다리는 마침내 늙어서 무너지고
물은 부서진 다리의 조각들을
자신의 깊은 곳에 가라앉히고
흘러가고 흘러가고 흘러가며
쓰다듬고 쓰다듬고 쓰다듬어
다리가 물과 섞여

더는 어느 게 다리고 어느 게 물인지
물도 다리도 이제는
알 수가 없고

이중주

레드 와인은 침착하다

적포도주는 우리를 아래로 쭉 끌어당겨 한없이 낮은 음
으로 만들고

레드 와인은 그 낮은 음 위로 붉은 카펫처럼 깔린다

적포도주는 그 붉은 카펫을 걸을 때 느껴지는, 위아래로
울퉁불퉁한 모래 같고

레드 와인은 바닥에 딱 달라붙어 움직이지 않고 있는 중
인 벌레 같다

적포도주는 울퉁불퉁한 땅을 어떻게든 기어가고 있는 중
인 벌레 같고

레드 와인은 입을 아 벌리고 그 안에 뭔가 부어달라는 칭
얼거림 같은데

적포도주는 그 안에 뭔가를 가득 부어주는, 부어주다가
자신이 뭔가를 부어주고 있다는 사실을 그만 잊고 만, 그래
서 뭔가를 한없이 계속 붓고만 있는 무엇 같다

레드 와인은 뭔가가 한없이 들이부어지고 있는 목 근처로 부드러운 목 넘김처럼 접근해 그 목을 따버리는 자객 같고

적포도주는 위에서 아래로, 그리하여 몸을 좌우로 정확히 두 동강 내버리는 강박증 환자 혹은 예술가 같고

이제 레드 와인은 그 자리에서 고꾸라져 머리도 없이 잠든, 머리가 없어진 줄도 모른 채 잠든 주정뱅이 같고

적포도주는 그 주정뱅이로부터 살짝 떨어진 거리에 혼자 나뒹굴고 있는 머리에서 들려오기 시작하는 코골이 같다

그렇게 한참을 죽은듯이 누워 있다보면 둘은 어느덧 한 패가 되어

레드 와인은 한참을 죽은듯이 누워 있었지만 사실 아직 죽음과는 한참 거리가 먼 당신을 기어이 깨우고

적포도주는 기어이 깨어난 당신의 몸을 옆으로 돌려 당신 몸속에 가득 고인 붉은 물이 아래로 작은 폭포처럼 쏟아지게 한다

여전히 너희가 둘로 보이는 내게, 아직도 우리가 둘로 보

— 이냐며

  아직 술이 깨려면 멀었다는 듯

  혹은 아직 술이 제대로 취하려면 멀었다는 듯

  둘로 보였다가 하나로도 보이는 얼굴로

  내 면전에서 나를 비웃고만 있고

  레드 와인은 마시면 취하고

  적포도주도 마시면 취해

  나는 레드 와인이든 적포도주든 좀더 마시지 않고는 도저
히 견딜 수 없는 심정이 돼

  레드 와인을 한 병 더 마시고 취하고

  적포도주를 한 병 더 마시고 취해

  드디어 하나로 보이는 너희 얼굴 보고 웃으며

  —

마침내 다 비워진 병처럼 투명하고 가벼운 마음으로

그 자리에 쓰러지자마자 그대로 꿈나라까지 굴러간다

누가 재미로 내리막길 아래로 굴려보낸

빈 술병처럼

가슴에 한 병 두 병*

한 명 두 명
떠나가진다

내가 떠나는 건지
나를 떠나는 건지
모른 채

한 명 두 명
떠나가고

한 병 두 병
비워져간다

내가 널 비우는 건지
네가 날 비우는 건지
모른 채

그런 건 도저히 알 도리 없이
흐르고 흘러
흘리고 흘려

어느 날 강물은 강바닥을 드러내고
술병은 그냥 빈

유리병이 되어 있을 때까지

꽉 찬 슬픔 사라진 자리
텅 빈 슬픔만이 투명히
남아 있을 때까지

* 손지연의 노래 제목 '가슴에 한 명 두 명'을 잘못 읽고 쓴 시.

문어 대가리의 악몽

문어도 악몽을 꾼다
우리 것보다 좀더 정교한 악몽일 뿐
인간의 악몽보다 몽롱한 햇살이 좀더
많이 섞여 있을 뿐

당신이 씹는 대가리는 한때 당신처럼
악몽을 꾸던 대가리고
당신의 악몽보다 햇살이 좀더 많은
악몽을 꾸던 대가리고

그렇다고 내가 뭐 당신들보다 잘났다는 말은 아니지만
나는 문어를 안 먹는다는 말도 아니지만

어쨌거나 당신이 지금 씹고 있는 대가리에는 그런
이력이 있고
당신 덕분에 문어는 더이상 그런 정교한 악몽을
못 꾸게 되었지만

그러거나 말거나 당신은 거기에 아무런 관심이 없고
문어를 초장에 찍어 먹고 소주를 입안에 털어넣으며
캬
하는 소리나 낼 뿐인데

사실 이곳에는 당신도
술집도
술잔도
바로 눈앞에서 웃고 있는 사귄 지 얼마 안 된 사랑스런 애
인도
없고

사실 이곳은
다 식어빠진 물속 어느 깊은 곳
하루종일 어두운 곳 기어다니느라 지친 문어가 한 마리
누워 있을 뿐이고

다만 다 늙어빠질 때까지 붙잡히지 않은 문어 한 마리가
깨진 항아리 속에서 또 한 차례
악몽을 꾸고 있을 뿐이고

우리 반 애들

싸움이 나면 와!!!
하고 모여들어
한 놈은 링을 만들고
또다른 한 놈은 선생님 오나 안 오나 망을 보게 하던
이 싸움 방해하면 죽었어, 하는 눈빛으로
싸움을 관장하던
사랑스런 우리 반 애들
지금 생각해도 끔찍한
얼마나 심심했으면 그렇게
끔찍이도 좋아했을까 싶은데
내가 우리 반 짱 얼굴에 침을 뱉었을 때
늘 와!!! 하던 내 절친이 그때도
와!!! 했었는지는 기억나지 않지만
어쨌든 그때 그 얼굴과 함성
갑자기 떠올라
지금 나 혼자 있는 이 방 가득 메워
정신이 아득해진다
싸우는 꿈을 꾸다
두들겨맞는 꿈을 꾸다
소스라치며 깨어나
한밤중에 차가운 변기에 앉았을 뿐인데
나는 이제 거의 마흔
그 지긋지긋한 함월국민학교를 졸업한 지도 너무

오래되었는데
불혹은커녕
나는 다시 국민학생이고
나는 여태 국민학생이고
아직도 들려오는 함성 소리
와!!!
그 소리 그렇게 슬플 수 없어
그렇게 기쁠 수 없어
나는 또 기꺼이 링에 올라
싸워준다
맞아준다
오늘도 너희들의
소소한 기쁨이 되어

대륙적 기상

저 달은 떠 있다
중력으로 휜 공간에 갇혀
어쩌자고 매일매일
저 달은 떠 있나
너랑 마지막으로 술 마시는 날
너는 자꾸 한 잔만 더
라고 말하고
오늘 나에겐 그 입을 닫아줄 힘이 없다
너는 요즘 중국에서 잘 팔린다는 시인 얘길 하고
너와 자기 위해 중국의 반을 건너왔다
어쩌고 하는 문장을 읊는다
그 시인은 농민공에다 장애인이라는데
장애의 정확한 명칭을 한국어로 모르는 너는
그의 장애를 흉내내고
그런 너의 모습은 꼭 장애인 같고
너는 장애인이고
나는 장애인이고
나는 그의 시를 함께 번역하자는 너의 제안을 두세 번 거
절하고
너는 마지막으로 동침해본 지도 벌써
사 년이 지났다고 말하는데
여자친구랑 마지막으로 동침한 게 언제냐는 말에 나는 이
제 그만 좀

닥치라고 말한다
너는 후렴처럼 한 잔만 더
라고 말하고
벨소리를 듣고 온 사장에게
호프 한 잔 더
라고 말한다
너는 오백이라는 말 대신 늘
호프라는 말을 즐겨 쓰고
너는 호프 한 잔을 다 마시고
이제 가자고 벌써 다섯번째 말하고 있는 내가 남긴 맥주
잔을 네 쪽으로 끌고 가더니
이거 다 먹고 가자고 말한다
너는 죽이고 싶은 놈 있으면 한 놈만 말해보라고
사람 하나 죽이는 건 중국에서 일도 아니라고 말하고
그럴 때 괜히 사납게 말하고
실제로도 좀 사나워지는 너는 나를 좀
두렵게도 하지만
너는 곧 온순하게 움츠러들어 다시
잔을 무겁게 들어올린다
고작 맥주잔 하나를 무겁게 들어
올렸다 내린 너는
간만에 짝사랑하던 여자 얘기를 하다 문자를 보내고
문자를 받은 여자는 역시나 답이 없고

아마 여자는 지금 잠들어 있을 것인데
자꾸 또 문자를 보내려는 너를 간신히 뜯어말리고
말한다
저 달은 우리가 한국에서 마지막으로 함께 보는 달
우리가 처음 한잔했을 때도 저기 있던 달 어쩌고
저쩌고
저 달은 어쩌자고 계속 저기만
돌고 또 돌고 있나
관성으로 휜 공간에 갇혀
정교한 한시를 사랑하는 너는 아마 이 시를 보고
이런 건 시 아니야
하고 잘라 말할 테고
이것이 시라는 사실을 당최 납득할 수 없을 테지만
그래, 아마 이건 시도 뭣도 아닐 테지만
우린 벌써 열 시간도 넘게 마셨고
한 잔만 더 하자는 너의 눈시울이
동대문을 뒤로한 채 붉어지고
그것은 이제 거의 울 것 같아서
나는 그런 일이 벌어지기 전에 서둘러 헤어지기로 한다
나는 이미 횡단보도를 건넜고
건너면서 세 번을 뒤돌아보았는데
뒤돌아볼 때마다 너는 내게 손을 흔들고 있었고
내가 택시에 올라 네가 있는 쪽을 바라봤을 때도 그 자리

에 가만히 선 채
　너는 내게 손을 흔들고 있었다
　너는 거의 멈춘 듯했고
　지난 이 년간 대륙적 기상을 뽐냈던
　너는 어쩌자고
　너는 그 자리에서 움직이지 않았고
　택시는 이미 출발한 후였고
　너는 여전히 거기서 손을 흔들고 있었다
　바람에 흔들리는 깃발처럼
　태극기도 중공기도 아닌
　창백한 깃발 하나
　새하얀 깃발 하나로

밤다운 밤이 아닌 밤

발이 푹 푹 빠지지만
금세 들어올려 다시 앞으로 뻗어갈 수 있는 꿈결 같은 꿈길
얕은 잠은 투명해
그 안에 모여 헤엄치는 송사리 뼈 개수까지 헤아릴 듯하다
그러면 이 밤이, 송사리의 뼈대처럼 희고 말랑말랑해지는
것이다
이토록 많은 생물과의 만남을
잠이라 할 수 없다
어느 때보다 환히 깨어 있는 이 밤을
밤이라 할 수 없다
잠 하나 제대로 자지 못하는 인간을
인간이라 할 수 없듯
꿈결에도 밖에서 부르는 소리에 대답하고
꿈속에 펼쳐진 길을 한 걸음 한 걸음 망설이며 걸어나가
는 이 밤
고만고만한 꿈만 꾸다 깨어나는 이 밤을
과연 밤다운 밤이라 할 수 없다
가련한지고
겨우 휴대폰 알람 소리에 벌떡 깨어날 잠을 자다니
저편에서 잠들었으면서도 이편에 귀를 활짝 열어두고 있
었다니!
당신은 겨우 그 정도밖에 잠들지 못하는가
그렇게 금방 돌아올 수 있을 정도로밖에는

나아가지 못하는가
당신은 매번 얼마나 급히 되돌아오고 마는 것인가
누가 부르기만 해도 잠에서 화들짝 깨어나는 그대여
너무 얕은 잠에 드는 이 밤을
너무 쉽게 되돌아올 수 있는 이 밤을
진정 밤이라 부를 순
없는 노릇이다

자유로운 뇌 활동

생각에 빠지는 게 꼭
구덩이 속에 빠지는 것 같다
눈구덩이 속에서
생각이 딱 멈춰버려서
오도 가도 못하는 게 꼭
거기 빠져서 헤어나오지 못하는 것 같다

하늘을 바라보면
하늘은 그 속에 차가운 것들이 잔뜩 흘러가는 하나의 차
가운 원(圓)……

하나를 알면 열을 아는 자여
인생이 도미노처럼 쓰러져가고 있다
차곡차곡
쓰러지기 직전의 도미노를 가까스로 방어하고 있는데
그래도 나름 제일 가깝다고 생각한 사람으로부터
너는 참 평화로워 보인다는 말을 들었다

씨발, 하나도 모르겠습니다

그것은 거대한 허무의 구덩이
하나를 잘못 봐서 열을 잘못 알아버린 자여
마치 바로 옆으로 커다란 말벌이라도 한 마리 날아갈 때

그러하듯
　　하나에서 그대로 멈춰 서버렸어도 좋았을 텐데

　　하나를 보고 열에서 멈춰 서버린 자여

　　하나를 보고 열까지 멈춰버린 자여!

　　말들이 출발하면 경마장은 환호성으로 금세 떠나갈 듯하
지만
　　말들이 다 지나가는 데엔 불과
　　몇십 초
　　……
　　일순 정적이 찾아오듯
　　너는 그 정적 속에서
　　생각이란 걸 하고
　　그러자 너는 그것이 생각이 아니라
　　걱정이고 두려움이었다는 걸 알게 된다

　　두려움은 아무짝에도 쓸모가 없어서
　　어떤 짝도 찾아오지 않는다는 사실 또한

　　고민 말고 생각을 해야 해
　　고민을 하면 구덩이는 깊어지고

생각을 하면 구덩이는 좁아지고
　　스스로 메워진다 메워지고 메워져
　　너를 스스로 지상으로 솟구쳐
　　올려줄 때까지

　　입지가 넓어지면 너는
　　아무데로나 걸어갈 것이다

　　방금 풀어놓은 말들처럼 화끈하고!
　　다시 잡아들인 말들처럼 과묵하게

　　모든 곳이 아무데나가 될 것이다

　　그러니 하나만 보고 열을 아는 관객들이여
　　그것을 누군가의 일부로, 혹은 1부로 봐줘도 좋을 텐데
　　혹은 하나를 잘못 보면 열을 잘못 아는 관객들이여
　　열을 잘못 보면 예전에 알았던 열들도 일렬로 무너져버
리고 말 텐데

　　어쩌면 이건
　　혼자 눈구덩이 속에 들어앉아 혼이 나간 채 실시간으로 중
계되고 있는 뇌 활동……

그러니 이부자리를 펴고 누워 편안히 2부를 기다리고 있
는 관객들이여
　그대들 스스로가 광활한 눈밭의 출발선상에 일렬로 늘어
선 채
　뜨거운 콧김을 내뿜고 있는
　2부의 첫 문장이 되어보아도 좋을 텐데

2부

여몽환포영

학림(鶴林)*

흰 학들이 모여 있는 듯한 숲이었다

가까이 가서 보면 학은 아니고
숲이 모두 말라 흰빛으로 변한 것

숲이 모두 흰빛으로 마르기까지 대체
무슨 일이 있었던 걸까
생각하는 사이

머리는 희게 변해갔고
핏물은 희게 말라갔고

몇 마리 학들
내 곁을 떠나갔다

애별리고(愛別離苦)가 있다고 했다
구부득고(求不得苦)가 있다고 했다
굳이 남아 있는 저 학들마저
쫓아낼 필요는 없겠지

모두 말라 흰빛으로 변한 숲은
가까이서 바라보기보다는
그냥 멀리서 바라봐주는 게 좋았다

흰 학들이 모여 있는 듯한 숲이었다

* 부처가 입멸한 사라쌍수의 숲.

흙부처가 강을 건너다

간밤에 "흙부처가 강을 건너다"
라는 문장을 읽고
아침에 연구실 바닥에서 깨어나니
문득
흙부처의 심정이 된다

바들바들 떨며 연구실 밖으로 기어나와
볕을 쬐는 흙부처가 되어
태양빛이 이리도 고마운 게 대체
몇 년 만인지를 생각하며
한참 볕을 쬐다

차가운 흙부처가 조금은
따스한 흙부처가 되어
걸어가는 도중에 바스라져 애들이 갖고 노는
흙이 돼도 좋을 만한
온도가 되어

설렁탕 사먹으러 간만에
장충동까지 걸어내려간다
어느새 잘 구워진 흙부처가 되어
걸어내려가는데

예전에 너와 가던 가게들은 처음 보는 곳으로 변해 있고
물론 그대로인 곳들도 있지만
이번에는 내가 변해
오랜만에 들른 가게 주인은
나를 알아보지 못하고

그래, 천 명이 알아보는 중도
천 명을 알아보진 못하는 법이고

설렁탕집에 단체로 들어온 남양주시 소년 야구단 아이들
검게 탄 탱탱한 쇠가죽 같은 피부의 아이들은
나보다 힘이 세 보이고
다들 꼭 잘 구워진 토우만 같은데

그러나 저 토우들의 칠십칠 프로는 결국
프로가 되지 못해 나 같은 흙부처의 심정으로
어느 날 정처 없이 다시 이곳을 거닐게 될 테지

나는 다시 흙부처의 심정으로 장충동을 거닌다
언제 추웠냐는 듯 이제는 땀이 다 나
땀흘리는 흙부처가 되어

등산하고 내려와 막걸리 마시는 것밖에는 딱히

할일이 없어 보이는, 아니 그것만으로도 더는
바랄 게 없어 보이는 장충단공원 등산객 인파 속으로
다시 한번 섞여든다

강을 건너다 그만
강바닥과 구분할 수 없게 되어버린
흙부처 빼기 부처
그냥 한 줌 흙이 되어

절 전화

찬바람 불면
돈도 신도도 없이 달랑
혼자 있는데
사찰 음식은 무슨 사찰 음식이냐고
힘없이 대답하던 그
스님 생각이 난다
사찰은 무슨 얼어죽을……
음식 종류가 빼곡히 적힌 그 설문지는 텅
비어 있었다
이제 더는 채워질 일 없는 빈
국그릇
밥그릇처럼
사실 먹지도 않는 걸 먹는다고 체크하고 그냥 다음 페이
지로 넘어가도
아무도 모른다
누가 알 것인가
어차피 다 에너지와 똥오줌으로 분산되고 말 것들
어떤 절 전화는
목에 힘 잔뜩 주고 딱, 딱, 딱, 딱, 마, 하, 반, 야, 바, 라,
밀, 다, 심, 경…… 어쩌고 하는 컬러링 소릴 들려주고
또 어떤 절 전화는
졸졸졸졸 개울물 소리나 찌르르르 새소리 따위
소위 자연의 소리……(바쁠 땐 그것도 참 듣기 좋더군)

그 와중에 그냥 뚜—뚜—거리는 연결음만 울려대는 암자는
어쩐지 진짜 같지만
진짜는 이렇게 찬바람 부는 날
돈도 신도도 없이 달랑
혼자 있고
그것만이 진짜 진정한 상태라고 생각되기도 해서
더욱 추워지는 것이다
자꾸 야속해지는 것이다
찬바람 불면 문득 생각나는 것들
이를테면 십 년도 더 전 어느 포구에서의 종교학과 엠티
마지막날 술자리
　은근슬쩍 너와 같은 테이블에 앉으려다 실패해
　엄한 사람들이랑 다른 테이블에 앉아 자꾸 그쪽만 바라보
며 술을 마시다
　혼자 밖으로 걸어나왔을 때 불어오던 늦저녁 찬바람……
　지금도 떠올리면 저멀리서 불어오기 시작하는 그 바람은
진짜다
찬바람 부는 날
너도 나도 그만
진짜가 되고 마는 날
지나치다 싶을 만큼의 무심함이 필요하다
　이 전화 알바가 끝나고 나면 나는 휴대폰 따윈 그만 던져
버리고

다시 저 찬바람 속으로 걸어가야 하는 거겠지
돈도 신도도 없이 달랑
혼자라면
죽을 때도 혼자일 텐데
그게 벌써 몇 년 전 일이니
어쩌면 벌써 죽었는지도 몰라
사찰 음식이라니
사찰 음식이라니……
사는 게 뭐고
죽는 게 뭔지
시간은 이렇게 잘만 가는데
밥 한 숟갈 떠먹여주지 않아도
혼자서 잘만 가는데
성불하세요, 라는 말 한마디 없이
목숨이라도 끊어지듯
전화 한 통이 이렇게 또
쉽게 끊어지는데

만져본 빛

서가에 꽂힌 법화경 1권을 꺼내본다
커다란 부피에 비해 너무 가벼워 좀
놀라고
책을 펼치자 보이는 페이지가 너무 하얘 또
놀란다
거기엔 글자가 하나도 없었고
처음부터 끝까지
우둘투둘한 점들만이 튀어나오거나
들어가 있었다
손가락을 갖다대고 무턱대고 첫 장 첫 줄부터
더듬어본다
아무리 더듬어도 알 수 없는 뜻
뜬 눈으로 봐서 그렇다
뜬 눈으로 봐서 새하얀 백지의 빛
눈을 감자
이번에는 방금 본 흰빛이
나의 내면에 이미 쏟아져들어와 있는 것이 보였다
한 자도 이해하지 못했지만
모든 걸 이해받은 느낌
이 빛은 푹신푹신하구나
잠시 물에 빠뜨렸다 건져올려
흰 바람에 말린 책처럼
벌레 하나 기어가다 책이 덮여도

어디 하나 뭉개지지 않을 것 같아
그 책을 다시 서가에 꽂아둔다
내가 만졌을 뿐인데
나를 만져준 책이
다시 서가에 있다
종이로 되어 있어
만질 수 있는 빛이
3권까지 있다

땡중처럼

카페에서 한 여자가 말한다
"땡중처럼 먹고 싶다"
맞은편에 앉은 남자가 말한다
"조계사처럼?"
(조계종이겠지)
어쨌거나 그들은 곧 의기투합해
마시러 간다
불금의 땡중처럼

근데 애들아, 니들은 땡중이 마시는 거
본 적이나 있니?
나는 본 적 있다
정말 무섭게 마셔대던 그 땡중은
인사동의 한 술집 테이블을 독차지한 채 끊임없이 시켜대
던 그날 그 땡중은
정말이지 땡중처럼 마셔댔다 땡중처럼 마시는 게 어떤 건
지는 잘
모르겠으나 여하튼 그게 바로
땡중처럼 마시는 것 같았다 제대로, 아주 한 맺힌 듯이!
마셔대던! 땡중!

우린 죽었다 깨어나도
저렇게는 못 마실 거야

저렇게 엄숙하게
저렇게 파괴적으로
눈앞의 테이블을 벌벌 떨게 만드는 파워로 쿵! 쿵! 술잔
을 내려놓으며
술병을 매번 공(空)하게 만들며
마시진 못할 거야
내 이번 기회에 니들에게 똑똑히 알려주지
땡중처럼 마시는 장면이 뿜어내는 괴력에 대해
땡중처럼 마시는 슬픔과……
땡중처럼 마시는 분노와……
덤으로 거기에 압도돼 일순 물이라도 끼얹은 듯 고요해
진 좌중까지

어떠냐, 이래도 땡중처럼 마실래?
응!
응!
마실래!

훌륭한지고
진정 술맛을 아는 자들이로다
딱히 존대하지도 않으니 두 번 훌륭한 니들의 그 우렁찬
목소릴 따라
땡중 아랫도리에 달린 두 개의 이응도

　　　　　　땅!
　　　　　　　땡!
힘차게 울려퍼지는구나!

불교에도 신은 많지
야차, 건달바, 아수라, 마후라가……
어느 시인의 말대로 차가운 맥주가 병 속에 든 신이라면*
맥주병을 꽁꽁 얼려 박살내고
산 채로 얼어붙은 신을 그곳에서 끄집어내
술상에 전시하자
녹아가는 신을 혀로 핥으며
다들 신적인 취기를 느끼며
아주 끝까지 가보자

불경 말씀을 빌리자면
술은 있으나 술 마시는 자는 없고
취하는 자는 없으되 그 취함은 있으므로
벼락 맞고 금이 간 술잔의 유일한 짝이 되어
쨍하고
또 쨍하자

* 딜런 토머스, "Cold beer is bottled God."

MUSIC FOR AIRPORTS*
─위험물 운송 제한 안내

공항─이라는 쾌적한
2음절
이응이 두 개의 바퀴처럼
하늘로 붕 띄워줘
공항─이라고 할 때마다
아래에서 부드럽게 받아주고
아래까지 신나게 굴려버리는 힘!
허용된 것들만 이륙
그 외에는 죄다 착륙
활주로를 달리며
허용된 것은 활주로에 누워 하룻밤 자보기
알람을 비행기 한쪽 날개 위에 올려놓고
잠시 후 비행기를 깜짝! 놀래키기
죄는 죄죄죄죄죄─ 죄다 이륙시키고
비행기보다 먼저 일어나
비행기 엔진 안에 가장 먼저 숨어들기
혈관 속 혈액은 십만 킬로미터
내가 볼 수 없는 혈액이 방금
나도 몰래 몸속에서 지구를 두 바퀴 반이나 돌았고
금지된 것은 언제나
시너 에어로졸 에탄올 알코올
허용된 것은 오늘 하루 공항과 친구되기
이륙하고 착륙하고

올라가고 내려가는
에스컬레이터의 일정한 속도에 감탄하기
동시 이착륙의 가능성
화약 탄약 호신용 최루가스
전망대 정자에 혼자 누워 잠든 노인의 꼴이 나와 별반
다르지 않다는 망상이나 이륙시키고
들뜸이나 착륙시키지 나는
마른 눈물이나 이륙시키고
스프레이 아세틸렌 인화성 액체연료
삼층에서 적어 온 위험물 리스트나 읽으며
달리는 리듬에 들러붙는 가속도를 느끼지
나이들어 보이는 게 좋은 것 같아 무시도 안 당하고
왜, 누가 무시해?
전엔 그랬는데 제대 후론 안 그래
디젤 가솔린 딱성냥 파티 폭죽
위험물 리스트를 작성하며 찍은 셀카 속 나는
어쩐지 좀 야위어 보이고
주머니 속 딱성냥이 보행 도중 불로 번지는 것
성냥과 성냥갑의 마찰면
베끼는 단어들 사이에 이는 모든 불이여
모든 형태의 불꽃, 화염 및 기타 불꽃 제조품
내친김에 밖으로 나와 306번 버스를 타고
공항 전망대까지

0에서 수백 킬로

강인하고 잔인하게 사뿐하게

부탄 프로판 독극물 방사능

폭발적인 굉음 속으로

거기서 비행기들 이착륙이나 구경하다

다시 공항 지하 일층 기도실 법당으로

그곳에 기어들어가 삼존불 면전에 무릎 꿇고

전속력으로 108배를 드리고 나서야 내가 가진 위험물들

중 겨우 108개를 임시

착륙시키는 데 성공했노라 자위하며

수중 스쿠버 압축 산소통

다시 한번 발음해보는 공항—

이라는 쾌적한 2음절

이응이 두 개의 바퀴처럼

갑작스런 착륙을 부드럽게 해

착륙하는 동체를 부드럽게 굴려줘

착륙하는 길을 부드럽게 말아줘

그렇다고 또 막 폭발하는 건 아닌

혹은 뻥!…… 풍선처럼 터져봤자 추락 현장에는 별로

치울 것도 없을 나의 삶을

* 브라이언 이노의 앨범 〈Ambient 1: Music for Airports〉.

공

술 먹고 오후
두시에 일어나다
하루를 공치다
공도 안 찼는데
오늘을 공치다
공은 속이 공해서 공인가
나는 대갈통이 아주 공해서
이런 공한 시나 끄적인다
공친 하루에 대한 시
심심해서 시를 쓰던 펜도 한번 굴려보고
공은 울린 지 오랜데
나는 그냥 코너에 멍하니 앉아 있는 중이고
레퍼리의 시끄러운 경고를 묵살하고
관객들의 야유를 묵살하고
거기에 조금 신경이 거슬리던 나까지 묵살하자
마침내 텅 빈 경기장에
공하게 남겨진 기분
공한 소리
나쁠 것도
좋을 것도 없다
고요해진 공
마침내 공
나는 몸을 공처럼 말고 이리저리 굴려본다

내리막길을 만나 신나게
굴러보고도 싶었지만
가도 가도 내리막길은 없어
눈감고 내리막길이나 상상하며
머릿속에서나 굴러내려가보는
어느 공한 하루

송림(松林)

산에서 주워 온 솔방울들은 바야흐로
변화를 겪는 중이다
얌전히 접혀 있던 것들 끓는 물에 삶아 바닥에
늘어놓았을 뿐인데 솔방울들은
펼쳐지고 있었다 매분마다 조금씩
마치 살아 있는 갑각류나 아르마딜로처럼
제자리에서 움직이고 있다
그러고 보니 솔방울들은 단 하나도
같은 것이 없고
가운데로부터 회전하며 뿜어져나오는 형태를 하고 있어
오래 보면 어지럽고
경이롭게 빨려들어간다
솔방울에 물을 뿌려주면 솔방울은 흠뻑 젖어
다시 착하게 오므라들고
내 머리맡에 놓여 밤새 수분을 내뿜는다
마치 숨을 쉬는 것처럼
다리를 빼내고 어디론가 기어갈 것만 같은 솔방울들은
그러나 머리맡에 고요히 웅크리고 앉아
다만 징그러운 내 꿈의 내부를 들여다본다
고대의 꽃 같고
나무의 피부를 가진 그것들이
온몸으로 물을 뿜어내며
내 꿈의 내부로

회전해 들어오는 것이다
잠시 잠결에 솔방울 향기 한번 맡아봤을 뿐인데
꿈속 여기저기 소나무밭 생겨난다
세찬 바람 불면 지붕에
솔방울 떨어지는 소리
나는 침대에서 일어나 사방에 떨어진 솔방울 중
예쁜 것만을 주워 담았다
내가 여길 뜨고 나면
등뒤로 못난 것들만 잔뜩
남겨지도록

포대화상의 잠버릇

등명낙가사 가서
포대화상의 배를 만지다 잠이 들었다
푹신하고 뚱뚱해
숨막히는 잠……
포대화상이 위에서 나를 덮친 채
잠에서 깨어나질 않는 것이었다!
다시 보니 풍선처럼 부풀어
밤새 포대화상의 뱃속이었다
불 모두 꺼져도
하나도 어둡지 않았다
어두운 밤 따윈 포댓자루에 다 넣어버려서
어둠이 속한 세상만큼이나 커지고
완전히 새까매져서는
아무데서나 퍼질러 자는 밤이 늘어날수록 그의 배는 더욱
부풀고 있었고
그는 너무나도 지저분해져서
세상 지저분함이 모두
그의 지저분함이 되어갔다
오늘은 이 말을 하고
내일은 저 말을 해서
앞뒤가 안 맞음으로 인해
세상 모든 걸 뱃속에 집어넣고야 마는
그가 또다른 곳에서 잠을 청할 때마다

그의 뱃속에는 세상이 한 곳 더 들어가고 있었고
그의 뱃속엔 이제 못 들어갈 게 없고
배 두들기며 통, 통, 북을 치는 너의 얼굴은
이래도 웃고 저래도 웃느라 아이고 배 터지겠어! 하는 너
의 얼굴은 복이 안 들어오려야 안 들어올 수
없는 얼굴, 거의 협박에 가까운 표정이 되어 있었다
복은 네 눈치를 보느라 네 앞에서 아주
작아져 있었고
너는 너무 크고 둥글어져서
함께 아무리 세상을 뒹굴어도
상처 하나 없는 밤이었다
그의 뱃속은 이제 온 세상만큼이나 커져 있어서
뱃속의 나는 이미 배 밖의 세상에 있는 거나 다름없었고
꿈속인지 꿈 밖인지 뱃속인지 까뒤집은 배 밖인지
하여튼 내가 마지막으로 바라본 포대화상은
온몸이 너덜너덜해진 채로 미친놈처럼 웃고 있었다
항문으로 풍선 바람 빠지는 소리를 내며
포대화상은 이제 거의 허물어진다
아무데서나 잠들 때도 잠든다기보다는
차라리 자신이 누운 곳을 온몸으로 덮어주는
포대화상은 얌전한 한 장의 이불이 된다

사이키델릭

가끔, 천수천안(千手千眼)의 손에 펜을 쥐여주고
시를 쓰게 해보고 싶어
하나의 대상을 두고 동시다발적으로 쏟아져나오는 천 편
의 시
천 편의 시각을 지닌 천 편의 시를 하나로 이어붙이면
대체 그것은 얼마나 길 것인가?

한 손이 한 행만 써도 천 행이 되는 시
천 편이 그냥 한 편이 되어버리는 시!

한때는 나의 이 한 손으로 천 명분의 시를 쓸 수 있겠다는
사이키델릭한 망상에 빠진 적도 있었지
하지만 이제는 차라리 내가 쓴 천 편의 시를 천수천안의
손에 쥐여주고
한 번에 찢어버리게 하는 게 더
사이키델릭하겠다고 생각해

천 편의 시가 한 번에 찢어지는 소리
말 그대로 마른하늘, 아니 마른 종이에 날벼락 치는 소리!

그때 어디선가 하나의 웃음소리가 울려올 것이고

뭐, 제아무리 천수천안이라 한들

웃는 소리만은 나랑 같겠지

천수천안이 웃는 게 꼭
내가 웃는 것 같아

누가 한번 더 웃겠지

총림(叢林)

이곳은 어디인가
차가운 돌
어두운 석실
뚫린 창으로 조용한 빗소리 들려오고
저 비의 음량은 너무 크지도
작지도 않아서
정확히 그곳을 때리고 있고
나는 너무 사라지지도
너무 있지도 않은
상태가 되어
졸음 비슷한 삼매에 빠져든다
나 같은 것들을 위해 물은 이렇게 가끔
하늘에서 자신을 떨어뜨리며
우리를 소리의 장벽 속에 한번
가둬주는 것이다
평소에는 기를 쓰고 들려 해도 듣지 못했던 삼매에
이렇게나 쉽게
빠져들게 해주는 것이다
그럴 때 저멀리 들려오는 연두 앵무 울음소리는
보석이 발하는 난연한 빛 같고
이곳은 어쩌면 아잔타 석굴사원의 경내
차가운 돌
쏟아지는 빗소리

다른 승려들은 모두 어디 갔나
소풍 갔나
피안 갔나
나만 혼자 남겨두고
어쩌면 나만 혼자 있을 수 있는 고요를 만들어주기 위해
다들 자리를 피한 건지도 몰라
허나 다시 보면 이곳은 아주 오래전에
망해버렸고
석실 밖으로 비는
벌써 이천 년째 내렸다 그쳤다 다시 내리길
반복하고 있고
이제는 거의 돌처럼 굳어버린 나를
지나가던 관광(觀光)객 하나가 망연히 쳐다보다
찰칵, 하고 터뜨리는 빛에
삼매 아닌 그냥 졸음에서
다만 퍼뜩 깨어날 뿐

음소거된 사진

이 사진은 음소거되었다
밖에서 개들이 미친듯이 짖어대고 있지만
들리지 않는다
두 명의 사제가 천개(天蓋) 아래 담요를 덮고
곤히 잠들어 있을 뿐
그 옆에 개 한 마리 몸을 말고
함께 잠들어 있을 뿐
발전기의 소음 들리지 않는다
풀벌레 소리도 들리지 않아
바람은 한 찰나에 멈춰 있어
더이상 불지 않는다
굳어버린 깃발은 바람이 어떤 온도로 불어오고 있는지에
대해 아무것도
말해주지 않는다
사원의 종소리는 들리지 않는다
맞은편 건물 옥상 바라나시 리버뷰 레스토랑의 푸른 불
빛도
보이지 않는다
그러나 이 사진은 이 모든 것 그 이상을 말해준다
수면은 얼어붙은 듯 잠잠하고
그 위에 묶인 배들의 고요
나는 이 사진을 아직 찍지 않았다

비에 젖은 개

젖는다
바라나시 아침
내리는 비에
젖는다
젖은 기억
젖은 몸 위로
온갖 것들 달라붙어
물에 빠뜨렸다 건진 두루마리 휴지의 칸칸들을 더는
구분할 수 없다
루프탑 레스토랑에서 내려다보이는 강이
한번 더 젖고
배에 탄 순례객들 젖는다
떠나간 이들이 돌아오는 시간
가벼워진 배는 텅 빈 채로 젖는다
배 위에서 순례객들이 부르던 노래는 온몸이 젖어 있었고
지금 이 문장들을 적고 있는 영수증 뒷면도 젖고 있다
비는 갑자기 더욱 세차게 내리기 시작해
이 메모는 잠시 중단
되고……

MODERN BOOK DEPOT의 주인 옴 프라카시가 두들
겨대던 타이프라이터
나보다 더 오래되었다는 그 고철덩이가 짖던 소리로

빈 강이 젖는다
젖은 글자들 너머로
돌아온 기억들 짖는다
세차게
자신의 영역 지키며
비에 젖은 개가 되어
이 골목 저 골목을
나눠 짖는 개들이 되어
이 개는 이 골목에서
저 개는 저 골목에서
짖는다
젖는다
이제 바라나시는 어느 골목으로 들어가든 비에 젖어 뭉
개진 소똥으로
진창이 되어 있고
나는 그 진창 속으로 빨려들듯 걸어
들어간다
정지 화면으로 젖어가는 개같은 기억
골목마다 하나둘 세워둔 채

아무리 짖어봐도
비와 똥으로 범벅이 된 마음
젖은 종이 한 장처럼 부드럽게

찢어지진 않고
어느 골목으로 젖어들든 기억이
개처럼 뒤를 졸졸 따라온다
개같은 기억이
오늘도 비에 흠뻑 젖은
내 개같은 사랑이

흑백

자기가 만든 아들에 의해
자기가 만든 성채에 갇혀
자기가 만든 아내의 무덤 바라보며 죽어가야 하는
그야말로 자기로 점철된 인생
더이상 자기 마음대로 어떻게 해볼 도리가 없는
자기로부터 단 한 발자국도 빠져나갈 수
없게 된 인생……

지금의 하얀 타지마할과 모양은 똑같고
색깔만 검은 대리석 건물을 야무나강 너머에 지어
자신의 무덤으로 삼으려 했다는 샤자한은
말년에 이르러 아들 아우랑제브에 의해 아그라 성채에 감
금되었고
이따금 망루에 올라
거기서는 그저 미니어처로밖에는 보이지 않는 타지마할
바라보며
소리 없이 울었다 한다

화려했던 과거는 어느덧 옛 이야기가 되어
새끼 양 수십 마리를 잡아 만든 양피지 책 한 권에 정서
되어 있고
이제 쓰는 것은 그의 몫이 아니어서
저녁이 되면 시종이 읽어주는 자신의 옛 무용담이나 들

으며
  그는 나날이 구름처럼 희미해져갔겠지
  저 희고 딱딱한 타지마할도 그저
  지상에 잠시 착륙해 쉬어가는 구름덩어리 정도로밖에는
  보이지 않았을 거야……

  글자들은 공중으로
  구름처럼 흩어졌고
  장엄한 구름 떠다니던 자리
  검은 타지마할이 세워졌을지도 모를 자리에는
  백치같이 허연 하늘만이
  멍청히 떠 있고

사자 두개골
―HIC SVNT LEONES*

사자 두개골로 물 마시면
시원하다
원효는 아직 한참 멀었다
아고리**들을 보라

사자가 죽으면 어떻게 되는가?
더이상 포효가 없게 된다
죽은 사자 두개골로 물을 퍼마시면 어떻게 되는가?
어떻게 되긴 어떻게 돼
갈증이 싹 가시겠지

다 쓰고 내던져진 사자 두개골은 햇빛 속에서 환히 빛나고
빗속에서도 환히 빛난다
사자 두개골로 물 마신 자는 이제 터덜터덜 집으로 돌아
가고

그 발걸음에서는 사자 굴로 걸어들어가는 자의 결기가 느
껴진다
바람에 휘날리는 그의 갈기는 쓸쓸하고
집에는 이제 그 말고는 아무도 없고

아무도 없는 집에서 혼자 사자 꿈을 꾸는 사람은
자기 안에 사자를 한 마리 기르고 있는 것이고

그 사자는 언젠가 눈을 뜨고 포효할 테지만

또 한참 시간이 지나고 난 사자 굴에는
사자 꿈 대신
사자 한 마리 대신
사자 두개골만 하나 덩그러니
남아 있게 된다

사자 두개골에 어둠이 한 바가지 고여
누구나 지나가다 들고 마실 수 있게 된다

* 중세 지도 제작자들이 미지의 땅에 삽입한 말로, '여기에 사자가
있다'라는 뜻.
** Aghori. 시바(Shiva)파의 한 극단적 분파로, 인간의 두개골로 음
식을 먹고 의례를 행한다.

대가리가 없는 작은 못

대가리가 없는 작은 못이여
망치로 두들기면 납작한 대가리 대신
온몸으로 받아내야 하는 작은 못이여
휘어지는 못이여
이리 튕기고 저리 튕기며 불꽃 튀기는 못이여
그러나 결국 안으로 들어가
휘어진 몸을 기어이 숨기고
벽 전체를 침낭으로 삼고 잠들 작은 못이여
겁대가리 없는 작은 못이여
작지만 작지 않은
수십 갈래로 갈라져 적의 내장에 박히면
내출혈을 일으킬 자랑스러운 못이여
삼켜지면 툭 뱉어지고 말
당최 맛대가리라곤 없는 못이여
대가리가 없는
대가리가 없어 딱히 생각이 없는
생각이 없으므로 쓸데없는 생각도 없는
쓸데없지만은 않은 못이여
없는 생각의 불꽃을 튀기며
무데뽀(無鐵砲)로 끝까지 밀고 들어가는 작은 못이여
없는 대가리로
열리지 않는 가슴에 쿵쿵 두드려지는 못이여
때로 대가리란 없느니만 못하니

대가리가 없어 쉽게 빼낼 수도 없는
거기 있는 줄도 모르고 잊혀
이제는 온 존재가 사라지고 만
사라진 것이나 다름없게 돼버린 못이여
대가리를 다느니
그냥 벽 안에 묻혀 고요히 죽고 말
세상 겁대가리 없는 작은 못이여

turn this off please*

정신 시끄러운 거
딱 질색이야
정신 시끄러우면
정신 끄고
아주 끄고
잠재우면 좋겠으나
우린 때로 우리가 만든
각종 전자기기만도 못해
꺼지질 못하고 계속 시끄러워
시끄러
시끄러
시끄러
시끄러
제발 그 입 좀 다물어!
시 쓰는 정신도
시끄러 시 끄는 정신도
시끄러 시를 질질 끌며
기어가는 펜 같은 정신도
시끄러 껄끄러
아주 정신 못 차리고들 있어!
정신이 차려지지가 않아
정신이 차렷하지를 않아
이봐 정신!

차렷!
정말이지 정신 사나워 죽겠는데
정신이 정말로 사나워지는 날이면
비밀리에 밤샘 녹음을 하고 풀어준
비정규 앨범 첫 곡처럼 사나워지는 날이면
정신의 모든 대상들
그 앞에서 잠시 입
다물게 되진 않을까
구 인치 대못에 오른쪽 귀부터 왼쪽
귀까지 꿰뚫리기라도 한 것처럼
정신의 볼륨 거의
제로에 가까워지진 않을까
생각하는 사이
정신의 해변에는 잠시
깊은 정적이 흘렀네
정신은 여전히 켜져 있었지만
사납도록 환히 밝혀져 있었지만

* 나인 인치 네일스의 인스트루멘털 곡.

여몽환포영

죽어도 된다
우린 그날 저승처럼 컴컴한 해변에 앉아 있다가
안전요원들의 눈을 피해 하나둘 밤바다로 뛰어들었지

안전하지 않아도 된다
파도 소리의 저음에 경박한 호루라기 소리 섞어주며 우린 밤새
속초의 밤바다 잠들지 않게 했지

사실 난 죽을까봐 좀 무서워서
그다음부턴 뛰어들지 않았고
너만 혼자 계속 바다로 뛰어들었지만……

잠들면 안 돼! 우린 여기서 밤새 놀다 가야 하니까
어차피 죽음을 삶에 좀 섞어보는 거다
그 역(逆)이 아니라

아까 그 안전요원을 몇 번이나 빡치게 만들며
너는 침대에 몸이라도 누이듯 또 한번 밤바다에 드러누웠지
그게 벌써 오륙 년 전 여름의 일이고

불을 끈다고 하루가 끝나는 건 아니어서

불을 끄면 기다렸다는 듯
밀려오는 물결들

내가 더이상 해변에서 잠들지 않으므로
간혹 해변이 내 곁으로 와
쓰러져 잠드는 밤이 있고

그런 밤이면 몰래 자리에서 일어나
어둔 밤의 해변을 홀로 거닐기도 했다
젖은 모래 위에 如, 夢, 幻, 泡, 影*

손끝으로 한 자 한 자 써보며
꿈 같고, 허깨비 같고, 물거품 같다는 말
또 그림자 같다는 말을 문신처럼 새겨넣었다

우리 조금만 더 죽자
진짜 죽음이 있기 전에
하고 기도하던 밤이 있었다

파도의 포말처럼
기도가 새하얘져
해풍에 흔들리다 꺼져버리던 밤이 있었다

* 『금강경』 사구게(四句偈)에 포함된 비유.

너의 베개

네가 화장실에 간 사이
잠시 너의 베개에 누워본다

얼핏 네가 꾸던 꿈 보인다
원래 하나였던 인간의 꿈이
언제부턴가 두 개, 세 개
수백만 개로 분리되어버렸구나

너는 화장실에서 돌아와 다시
자리에 눕고

이번에는 내가 화장실에 간다
네가 방금 앉았다 간 변기에 앉아
덜 깬 채로 생각하길,
원래 하나였던 머리가
베개를 나누면서부터 두 개, 세 개
수백만 개로 분리되어버렸구나
원래 하나였을 인간의 머리와 꿈의 형상을
미지근해져가는 변기에 앉아 잠시
곰곰이 생각해보는데

안 오고 뭐해?
멀리서 누가 부르는 소리

나는 다시 자리에 가 눕는다
이상하게도 오늘 이 베개는 원래 내가 베던 게
아닌 것 같고
이 꿈은 아까 내가 꾸던 꿈이
아닌 것 같은데

나는 여전히 너의 베개에 누워
하염없이 너를 기다리다 깜박
잠이 든 것만 같은데

3부
모두가 모든 걸 한다

새 호루라기

이런 새소리는 없겠지만
이건 누가 들어도 명백히
새소리다

새 모양을 흉내낸
그러나 이 세상엔 없을 새의 몸에는
구멍이 세 개나 뚫려 있고

그 구멍들로 물을 흘려넣고
그중 하나에 숨을 불어넣으면
새소리가 난다

나는 방금 새 호루라기 얘기를 하는 너와의 전화를 마치곤
먼지 쌓인 새를 찾아 물로 잘
씻겨줬다

다시 네게 전화를 걸어
새 호루라기를 불어주면
호록 호록 호로로록

그때 너희들 앞에서 불었을 때랑 똑같은 소리가 난다
공기와 물의 조합만으로
새는 다시 울고

공기와 물만으로도 인간은 꽤
오래 살아남을 수 있을 것이다
흔들리는 물통 속 물의 출렁임

넘어진 새에서 물이 쏟아지면
새는 이제 누가 들어도 새소리는 아닌
소리를 내고

물이 없는 인간의 입이 마른다
노래가 비명이 되는 동안
비명이 침묵이 되는 동안

나는 어떤 새처럼도 울지 않았지만
아마 나처럼 우는 새도 없을 거다
그건 너도 마찬가지

나는 얼른 다시 물과 숨을 불어넣어준다
새 호루라기야, 이 바보야
나는 오늘 너와 오래 놀아주기로 한다

윙컷

ㅋ은 목에 뭐가 걸린 새처럼
오늘따라 유난히 시끄럽게 우는군
ㅋ의 둘레를 연필 칼로 둥글게 깎아주자
ㄱ이 되었다

ㄱ처럼 연한 남자가 되고 싶어
특히 초여름날엔

라일락 나무 아래 서서
라일락,
라일락,
라일락,
ㄹ을 세 번 연속 연하게 만들었다

서서히 열기가 잦아들고
바람에 꽃잎 다 떨어지자
다시 ㅋ으로 억세진 문장의 끝이
벌레 다리처럼 파르르 떨다
그치는 오후

집에 있는 책을 굳이 밖에서
빌려 읽었다

이편이 좀더 바깥에 가까웠다

존재감

이 책은 좋다
아주 두껍고
입도 뻥긋 안 하고서 가만히
그 자리에 놓여 있을 때
그 무게감이 좋다
오직 자신의 존재로만 모든 걸 말하는
안하무인의 태도가 좋다
그건 팔려도
팔리지 않는다
자리만 바꿀 뿐
늘 적재적소에
적재적소 따윈 없겠지만
그래도 적재적소에
어디에 놓여도 말이 없고
묵직하다
아니, 말이야 누가 못해?
거들떠도 보지 않고
제자리를 지킬 줄 안다
지그시 테이블을 누르며
테이블의 네 발에 균등히 퍼져
대지에 뿌리내릴 줄 안다
중력을 끌어안은 물방울이 하강하듯
그것은 거기

집중된다
압정에 고정이라도 된 듯
불현듯 정지한 벌레들처럼
생각의 대상이 없으므로
생각이 없는
오로지 나의 대상이 된 채 테이블 위에서 침묵하는
그것은 두려움이 없고
그것은 체력의 고갈이 없으며
그것은 곧 무적이고
그것은 작고 견고하여
그냥 거기 놓여 있기에 적당하고
놓인 책 앞에 놓인 나는
아주 영원히 침묵하기에 합당하다
나는 책처럼 가만히 놓여
일정한 속도로 하강하는
엘리베이터처럼
네 개의 의자 다리를 타고 하강하는 내 안의
존재감을 느껴본다

백안작

가지 위에 앉은 백안작 한 마리 정도의 키
찻잔은 아무것도 아니지만
밖으로 들고 나가 난간에 올려놓고 마시면
아슬아슬해진다
삶은 아무것도 아니지만
아파트 십오층 난간에 기대어 차 한잔 마시다보면
두근두근해진다
맞은편 옥상 난간 위를 마치
지상인 양 뛰노는 까치들
산산조각난 찻잔의 깨진 선들은 참 깨끗하고
날카롭겠지
밖에서 나를 기다리고 있는 일들이
강력해지고
간밤에 방에 죽은 새 한 마리 있길래
귀찮아서 그냥 옷장 안에 던져놨더니
거기서 온갖 벌레들이 생겨나 방안을
기어다니고 있는 꿈을 꾸었다
그때 그러지 말걸
지금도 죽고 있는데
자꾸 또 태어나야 하는 이 심정
시간이 지나면 벌레들도 자연히
모두 사라질 거란 마음이 들었다
손 위에 죽은 백안작 올려놓고 두 눈

감아본 적 있었지
너무 가벼워
양손은 텅 비기라도 한 것처럼
깨끗해진다

학익동

학의 울음은 됐고
학의 웃음이 있다
그건 미동도 없이
온 하늘 물들인다

학의 울음도 있긴 하지만
그건 날기 전 잠시
웅크릴 때 얘기고
오늘 하늘은 무엇보다 학의 웃음이라고
나는 장담할 수 있다
하루종일 이토록 구름 한 점 없는 날엔
나 역시 학의 웃음의 일부이므로

떨어져 깨질 수도 있다
그건 학의 웃음이 맑고 투명하며
무엇보다 정교하다는 증거
떨어져 깨진 학 조각들은 강물처럼 반짝이다 모두
학이 되어 펼쳐질 것이다

학이 숨겨둔 커다란 알이
둥지 속에서 저 홀로 빛난다
조그만 게 어디 겁도 없이
떨어지면 깨질지도 몰라

알을 잃은 학이 운다
동네 전체에 울려퍼지는 학교 종
전자 멜로디처럼

갑자기 발견된 그늘의 그윽함처럼
학의 영혼은 층수가 높다
학의 영혼은 지하로 깊다

어느 날 학익동(鶴翼洞) 학운정(鶴雲亭)에서 만난 너는
학처럼 흰 바지와
재킷을 입고
이렇게나 고요히 내 앞에
앉아 있구나

학익 아래 받침으로 고여 있는 ㄱ처럼 반듯이
허릴 펴고서

아무리 층수가 높은 영혼이라도
일층에서 시작한다
언제나 지하로 깊은 영혼이라도
일층에서 시작한다

그러니 학의 울음은 됐고
학의 웃음이 있다
희고 목이 긴 병 속에 잠시
고여 있다가
내쉬면 다시 무한대의 공기와 하나되는 길고 연한 웃음

저녁은 높지도
낮지도 않아서
위아래도 없이
사방으로 멀고

초록 거미가 말한다

바람 부는 날 긴 풀 위로 기어올라가
공중에 새끼들 하나씩 내던지고 있던 초록 거미
그날 어미의 등에서 내려와 바람 부는 공중으로
무수히 쏟아지던 거미 새끼들
태어나자마자 비행이다
지긋지긋한 가족도 없고
일부일처제도 없고
이혼도 없다
시부모 요양비 낼 일도 없고
자식새끼 학비 댈 일도
꼴도 보기 싫은 늙은 삼식이 밥 차려줄 일도
같이 머리 맞대고 고개 푹 숙이고 꼬박꼬박 밥 처먹을 일도
없다
태어나자마자 바람 속으로
바람 부는 날 긴 풀 위로 기어올라가
공중에 자식새끼들 모두 쏟아버린 후 아래로 기어내려오던
초록 거미 생각하는데
때마침 하늘에 참새 소리 쏟아진다
그런데 그것은 이미 참새가 하늘에 쏟아진 것이다
나는 네 안에 나를 쏟고
그런데 그것은 이미 내가 하늘에 쏟아진 것이다
하늘의 관점에서 보자면
지상 삼십육층 아파트가 하늘로 쏟아진 것이다

바람 부는 날 초록 거미는
언젠가 자신이 쏟아졌던 날을 기억한다
바람 부는 날 초록 거미는
누구의 자식도 아니며
누구의 부모도 아니다
나같이 아름다운 인간이 저따위 저열한 인간들의 자식이
라는 걸
믿을 수 없다
초록 거미는 비바람 속에서 온전히 초록으로 빛난다
초록 물감 공중에 흩뿌리며
그러나 비에 완전하고도 완벽히 뭉개지는 그림을 그리며
초록 거미는 속이 다 시원하다
초록 거미는 오늘도 일용할 양식 눈앞에 두고서
말한다
곤충아
너 역시 누구의 부모도
누구의 자식도 아니다
죽어도 너는 너고
죽어도 나는 나다
그러나 이윽고 자신의 뱃속으로 쏟아져들어와
바람 부는 날 공중에 한 줌의 실로 펼쳐질 육신과 정신을
생각하느라
초록 거미는 감개무량하다

초록 거미는 이제 더 바랄 거 없다
인간들이 말하길
아침 거미는 살리고
저녁 거미는 죽이라지
이런 호로새끼들
나는 이제 저녁 거미가 돼도 괜찮다

괴수 영화

괴수 영화가 상영중이었다
곳곳에서 노인들이 으어어 소리를 내고 있었다
뜨거운 국물이라도 삼킨 것처럼
뜨거운 욕탕에라도 들어간 것처럼
꺼어억 곳곳에서 트림이 터져나오고 있었다
그건 거의 고지라(ゴジラ)의 사운드 이펙트 같았고
멀리서 원전 몇 기가 세워지고 있었다
북핵 실험이 진행되고 있었다
세계는 이제 이백만 년 전으로 되돌아가 있었고
GV차 한국영상자료원을 찾은 당시 이십대 초반의 주연
배우는
팔순 노인이 되어 있었다
그는 고지라가 한국에 상륙해 고궁과 청와대를 밟고 있
으면
아니야 아니야 거기가 아니고
좀더 북으로, 라고 말해주고 싶다고 했고
요즘 CG는 어쩐지 가짜 같다고
우리 땐 다 사람 손으로 만들어서
지금도 보고 있으면 땀내가 난다고 했다
고지라의 사운드 이펙트는
고지라의 것이 아닌 것들,
소나무 송진을 바른 가죽장갑과
더블베이스 현의 마찰

녹슨 문 여닫는 소리와
코끼리 울부짖음 따위의 일시적 결합으로 이루어진 것
이제 끝입니다
안녕히 계십시오 여러분, 안녕히 계십시오
하는 영화 속 대사가 심금을 울린 후에도
괴수들은 순전히 상업적 목적하에
끊임없이 다시 싸움 붙여지고 있었다
새로운 세대가 피폭되고 있었다
전국에 방사능비가 내리고 있었다
괴수 영화는 괴수 아닌 것들로 이루어져 있었고
괴수 영화 속 괴수는
인간이 뒤집어쓴 탈이었다
모종의 착각이
끝도 없이 리메이크되고 있었다
새로운 사운드 이펙트가 만들어지고 있었다

모조 새

방에 새가 들어왔다
그 새는 보이지 않으므로
어디 앉아 있는지 알 순 없지만
새의 눈은 무서우리만치 차갑고
단호히 빛나고 있다
보석이 빛을 발하듯
벌레들이 울 때 그 빛의 조도가 오르락내리락거리듯
그러나 미동도 없이
고요하므로 방으로 불어오는 모든 바람을 잠재우고
모든 풀의 움직임을 정지시키며
그것은 있다
나무로 만든 조각품 같은 그것이
나를 쪼아먹을 듯 노려본다
나 같은 건 눈에 백 번쯤 집어넣어도 아프지 않다는 듯
칼날 같은 눈으로 지켜본다
그것은 칼로 깎아 만든 것이므로
칼이 주는 고통의 섬세함을 잘 알고 있다
책 같은 건 칼을 꽂아두는 칼집에 지나지 않는 것
날이 부서진 문장들은 쓸모가 없는데
영원히 쓸모 있는 문장 같은 건 없다
나는 그 새 앞에 무릎을 꿇는다
친구여 이제 그만 일어나게
라고 말해주는 이는 없었으므로

조금 있다가 스스로 일어난 다음
방 한가운데 가만히 서 있어본다
어느덧 사람들이 모여들어
내 주위에서 둥글게 박수를 친다
자욱한 박수 소리는
아무래도 빗소리처럼만 들리고
빗소리는 박수 소리처럼은
도무지 들리지 않는데
이제 박수가 끝나도
비는 내리고
박수를 친 사람들 모두 퇴장한 자리 위에도
비는 내린다
내 방이 물에 잠긴다
어디 떠내려가지도 못하는 내 방이
자욱해진다
새는 빗속을 나는가

당나귀와 나

어젯밤엔 너무 이상했어 젖은 몸에서
당나귀 냄새가 나서……
어디서 또 당나귀 영혼을 묻혀 왔는지

당나귀 영혼이 떠돌다 나한테
올라탔나보지
폭우를 뚫고 전주행 기차를 타고서 잠시
전동성당에 다녀왔을 뿐인데
그 와중에 얼빠진 당나귀 하나가 내 가죽에 들러붙었나
보지

이상하게 오늘은 몸에서 지푸라기 냄새가 나네?
집에 오다 말고 또 어디서 몸을
뒹굴다 온 건지……

나한테 들러붙은 당나귀 영혼이 죽은 곳이 어느
지푸라기 위였나보지
지푸라기라도 잡고 싶은 심정이었나보지

아늑한 외양간인 줄 알았나보지
하늘의 강물이 지상으로 모두 하강하던 날
서울로 돌아오는 길에 보니 내 몸은 어느덧
다 허물어져가는 외양간이고

당나귀처럼 떠돌다 문득
사라지고 싶은 날이었는데 사라지진 못하고
그냥 사라지듯이 집으로
돌아오고 말았나보지
지친 당나귀 한 마리 외양간으로 돌려보내듯
착한 당나귀 한 마리가 나를 집으로 고이
돌려보냈나보지

빗소리 재방송

비 오는 날 네가 없는
네 방 침대에 누워 듣는 빗소리
새벽어둠 속에서 네가 했던 말
빗소리 들리지 않아?
이윽고 너는 몸을 씻고
그럼 높은 곳에서부터 네 몸을 씻는 빗소리
너는 몸을 닦고
화장대 앞에 앉아 시간을 들여 머리를 말리고
옷을 입고 문을 열고
문을 닫고 문밖으로
걸어나간다
밖으로 걸어나가는 너를
나는 내리는 빗소리처럼 듣고
비 오는 날
너도 없는 너의 침대에
너와 함께 눕던 침대에 홀로
누워 있어본다
일어나 창을 열면
어두운 하늘
잔뜩 안개 낀 수리산
젖어 있는 놀이터의 흙
꼭 낮에 혼자 TV를 틀고
심야 프로 재방송을 멍하니 쳐다보던 그날 같은 기분

비 오는 날 아침 일어나
세수하고 아침 먹고
비옷 입고 장화 신고
등에 네모난 가방 하나 둘러메고
도시락 가방과 신발주머닐 양손에 하나씩 든 채
아침인데도 어둑한 거릴 혼자 걸었었지
빗소리에 차 소리 섞이는 소리
젖은 어둠에 헤드라이트 불빛 번지는 광경 속에서
아침을 시작했었다
열 살이 좀더 됐을까
이제는 우리 둘 다 마흔이 가까워오는데
비 오는 아침은 참 늙지도 않는다
비 오는 아침
아직 어둑한데 문 열고 밖으로
걸어나가는 것들 역시

모두가 모든 걸 한다

모두가 모든 걸 한다
명절에도 하고 주말에도 하고
낮에도 하고 새벽에도 한다
세상이라는 공장에서 찍어낸 천편일률
세상의 입장에서 보자면 무엇 하나 새로울 것 없는
모든 것이 극히 자신의 일부인 세상에서
모두가 모든 걸 한다
구형 중에서도 완전 구형에다
배우는 데만 몇 년이 걸린다는
아무도 안 보면 벌떡 일어나 혼자서 몇 시간쯤 거리를 싸
돌아다니다 올 것만 같은 저
육중한, 평생 손가락을 몇 개나
집어삼켰는지 모를 미개한 것!
그러나 소리만 들어도 어디가 고장인지 아는 주인이 죽
으면
주인을 따라 순순히 용광로로 들어갈
착한 기계야
그 앞에 쭈그리고 앉아 라면이라도 한 그릇 끓여먹어가며
모두가 모든 걸 한다
씰크 인쇄 PVC 박스 제작
인쇄하고
포장하고
잠시 창밖으로 날아가는 새에 두 눈이 명중해도

멈추지 않는 기계

닫히지 않는 땀구멍

선풍기는 사람들 앞에서 돌아가는 걸 천직으로 안다

소량 제작 샘플 제작

다행히 크게 아픈 데 없이

고주파 에폭시 은박 의류 부자재 행택 금속 테두리

한 개에 십칠원인데

오늘은 몇 개나 할 수 있을지

이름표를 붙여 내 가슴에

확실한 사랑의 양말걸이를 찍어내고

청계천, 을지로, 종로 세 군데가 모이면 미사일에 탱크도

만든다던데

그건 우리도 마찬가지

남자, 여자, 방 하나가 모이면 아주 큰 소리로 울어제끼는

튼튼한 애새끼도 만들어내는데

스티카 라벨 하루 백만 개

꽃나무와 벌은 한통속

둘이 많은 걸 한다

모두가 모든 걸 한다

모두 빼기 나는 모두

모두 빼기 너도 모두

하루종일 하루를 조립한 다음

마침내 드러누워 하루의 나사를 몽땅 풀어버리기

때로 난 아무것도 안 하고 있지만
난 아직 애새끼도 없지만
모든 게 되어가고 있다
지금껏 내가 한 짓은 무엇이었나
같이 일하다보니 불쌍한 걸 알았어
너무 늦게 알아버려서
플라스틱 파일 실리콘 인쇄
몇십 년을 같이 살 부비고 살았어도 모르는 게 있다는 사
실에
운다
울어
기름밥 먹은 자부심 따위로
흘리는 눈물은 양손이 감춰주고
양손은 다시 기계 쪽으로
이 착란을 끝까지 가져가느라 내가 끝내 네게서 제외되
어도
너와 나는 한통속
모두가 모든 걸 한다

새들의 아침 운동 연구

아침에 일어나
운동하고 샤워하고
폭포수 마신다

폭포수는 새의 몸속으로 흘러들어가 잠시
고요하다가

곧장 수백 미터 위로 상승한다

18cm 검정칼새들이
이구아수폭포를 향해 돌진
난기류를 뚫고서
전속력으로 돌진하다
돌연 폭포 앞에서 속력을 줄이곤
폭포의 빈틈을 찾아

그곳으로 들어간다
마치 폭포 속으로
사라지듯이
그 속으로
뛰어듦

폭포 속으로 뛰어드는 새들

날으는 칼들이
매번 바뀌는 입구 속으로
칼로 물 베기에 다름 아닐
폭포에 그대로 내리꽂히는 새들이
물의 휘장 속에서

압도적인 물소리 속에서 잠들었다

압도적인 물소리 속에서 깨어나는 기분

세상의 엄격한 규칙에 따라 춤추다 말고
새는 남미 지도 모양으로 날개를 접고
나뭇가지 위에 앉아 쉬고 있다

새는 남미 지도 모양으로 날개를 펼치고
물위에도 둥둥 떠 있다

물은 새의 온몸으로 퍼져
비행이 되어 소멸함

새가 입을 다물자
대기가 정지했고
내 귀가 사라졌고

이윽고
세상이 사라졌다

폭포수는 이미 새의 몸속에 없고
폭포에도 없음

상승 기운

영실(營實)로 술을 담갔더니
전부 떠 있다

저렇게 가벼우니
새들이 먹는 거지

맑은 술 위에 뜬 붉은 열매들과
하늘에 뜬 수십 개의 심장

술에 만취한 상태에선 아무리 높은 데서 떨어져도
죽지 않고
죽은 줄도 모르고 그냥 털고 일어나
집으로 돌아간다고

여전히 향기가 남아 있는 술병에 물을 붓고
식물을 꽂아주면 최단시간 내에 꽃들이
최대치로 펼쳐지기도

열매는 자신을 전부 포기하고
술에게 다 내어주는데

하늘은 자신을 내어준 새들을
평생 제 품에 품어준다

가을 허공에 만개한
심장들
맥박들

물들이 새들의 몸으로 들어가
하늘에 흐르고 있다

잠언집

잠자는 언어의 집
언어는 잠잘 때 좋다
안도한 얼굴로 겨우
코고는 소리 정도나
내고 있을 때 참
좋다 가끔
언어는 밤에 악몽 꾸고 비명
지른다 그럼 아버지 놀라서 내 방문 덜컥 여시곤
괜찮냐 아들아!
하시고
그러다 어느 날 혼자 또 방에서
잘못했어요
잘못했어요
하신다
정년퇴임한 언어는
그래도 아직은 잠든 옆 사람을 한밤중에
깨워 서럽게
울게 만든다
잠자는 언어의 집
잘들 잔다
충분히 조용하진 않지만
적당히 시끄럽게
있는 듯 없는 듯

그때가 딱
좋을 때다
비유비무(非有非無)라는 말
아주 좋다
그때까지가 딱 좋다

가을 모기

어머니 주무시다
얼굴에 모기 같은 게 붙어
손으로 잡으면
모기 같은 게 잡힌다 하신다

힘이 없어
손에도 잡히는 모기
낮이면 커튼 사이에 숨어 있다
밤이면 얼마 안 남은 피
힘겹게 공중에 띄우는

어느 날 모기는 또 너무 희미해
손으로 잡았는데
펼쳐보면 모기는
이미 거기 없어

너무 희미해 얼굴에 착륙하다
사라져버렸나
아니면 손안에 들어오는 순간
사라져버렸나
알 수 없는

커튼처럼 쳐진 푸른 찬바람

끝까지 휙 걷어봐도
보이지 않는

고구마의 말

신기하다
싹이 난 고구마를 물속에
담가두었을 뿐인데
웅크리고 있던 보랏빛 핏줄 밖으로 튀어나오고
고이 접혀 있던 연둣빛 심장 주르르 펼쳐진다
줄기는 여기저기 바닥을
기다 말고 벌떡! 일어나
위에서 누가 머리끄덩이 잡아당기고 있기라도 하듯
허공에 손톱 열 개 모조리 박아넣고 있기라도 하듯
고요히 거기
정지해 있어
고구마 아래는 둥글게 뭉쳐진 뿌리로 가득해
꼭 새집처럼 보이고
그러면 줄기에 줄줄이 매달린 잎사귀들은 다시
새집이 키워 하늘로 뻗어올린
날개들로 보인다
싹이 난 고구마는 음식물 쓰레기통에 버리면 아무것도 아
닌데
물에만 담가두어도 번성한다
새절역 앞 단내 풍기던 화로 속 군고구마는 누려보지 못
한 경지
나는 오늘 이 고구마 옆에 배 깔고 드러누워
고구마가 들어올린 위세 등등한 첨단을 한참이나 바라본다

그것은 고구마가 쏟아내는 말이고
이렇게나 할말이 많았으면서
그동안 혼자 참고만 있었다니
뜨거운 불에 굽히고
기름에 튀겨지고만 있었다니
나는 그만 야속한 마음이 들어 고구마의 눈높이에 머물며
고구마의 말에 한참을 귀기울여보았지만
한참을 들어주고도
아무 들은 말이 없었다

그게 블루스지
―블루스맨 최상우에게

예전에 학교 앞에 있던 허름한 콩나물해장국집
그날 너랑 상암에서 영화 보고 가서 해장국 이 인분에 소
주 한 병 마셨는데
국물이 부족해진 우린 국물 조금만 더 주시면 안 되냐고
조심스레 물었고
할머니는 그냥 한 그릇을 리필이라며 갖다주셨다……
그 가게
서른이 되고 마흔이 되고 일흔이 돼도 너와 함께
가고 싶던 그 가게는, 그렇게, 그래서 망했다

그게 블루스지

학교 옆 재개발터 사이에
홀로 우뚝 서 있던 백반집
공강 시간에 가면 늘 공사장 인부들로 북적였는데
혼자 자리 차지하고 앉아도 늘 반갑게 맞아주시던 할머니
학생이 돈이 어디 있냐며
늘 반찬을 더 갖다주시던
저녁때는 안에서 담배도 피우게 해주시던 그 할머니
가게 이름이 무려 '천하태평'!

그게 블루스지

나에게 먹을 것 해주시던 모든 할머니들
나는 외할머니는 본 적도 없고
친할머니는 살아 계실 때 몇 번
보지도 못해서
길에서 할머니를 보면 그게 다 내
할머니 같고
다들 내게 밥과 반찬과 국물을 더 갖다주시던
할머니들 같은데
그 할머니들 만난 지도 이제 벌써
십여 년
구천에서도 귀신들 밥을 해 먹이고 있을 그 착하고 아름
다운 사람들

그게 블루스지

상우야, 그렇지 않니

이제는 미국 텍사스 가서 사는 너도
평생을 기억할
미시시피를 가고 루이지애나를 가도 못 들을
서울시 마포구
대흥동의 블루스

침대벌레

스무 살에 처음 파리 배낭여행 가서
도미토리에서 셋이 잤을 때
왜 나만 물렸던 건지

하루종일 파리 시내 돌아다니는데
내 피 빨아먹은 벌레가
나 없는 침대에서 배를 빵빵히 불린 채
한숨 늘어지게 자고 있을 모습이
자꾸 마음속에 그려졌고

피가 나도록 긁어대면서도
그건 너무나도 사랑스럽고 흡족한 이미지여서
루브르박물관을 거닐며 온갖 명화들 스쳐가는 와중에도
그 이미지는 그 어떤 명화보다도 생생히
내 머릿속 한구석에 걸려 있었다

너희 둘은 모르는
너희 둘은 물리지 않아 기억하지도 못할
물린 나만 기억하는 그날의 그림

이십 년이 지난 지금까지도
나는 피로할 때면 남몰래 그날의 그 그림이 걸린 곳을
찾는다

그러면 나는 원래 어디 있었든
당장 파리의 어느 고요한 도미토리에 있게 되고
하얀 천 이불 주름 사이에 파묻힌 채
한숨 늘어지게 자보는 호사도 누리게 되는 것이다

침대벌레*라니, 누가 지었는진 몰라도
이름 한번 참 잘 지었다고 생각하며
그걸 이 그림의 제목으로 삼아도 좋겠다고도 생각하며
내 피에 내가 한번
취해보는 것이다

* bedbug. 빈대.

최대치의 기쁨

최근에 했던 가장 시원한 일은
막힌 변기를 뚫은 일
피 묻은 휴지와 해체된 똥이 물 안 가득 퍼져 넘쳐오르
기 일보
직전! 이었다가
변기 아래로 꾸르릉
시원하게 내려갔네

막힌 변기 물 내려가는 소리보다 속시원한 소린
별로 없네 전혀 아름답다곤 할 수 없지만
보기 싫은 것들이 눈앞에서 깨끗이 사라져가는 광경보다
보기 좋은 광경은 별로 없고
변기는 목구멍이고
목구멍이 시원하게 집어삼킨 것들은
우선 눈앞에서 당장 사라져줘
오 너를 변기에 넣고 누르고 싶다
물론 나도 변기에 넣고 누르고 싶지
그 심연의 끝이 보이질 않아
변기 속을 참 오래도 들여다보았는데
오늘도 난 변기 뚜껑을 내려놓지 않았다고 한소리 들었고

코흘리개 시절, 홍대 게스트하우스 알바 면접 보러갔을
때 처음 받았던 질문

막힌 변기 뚫어본 적 있어요?

없는데요, 하고 대답하자

그럴 땐 뚫어본 적 없어도 무조건 잘 뚫는다고 말해야 한
다며

아직 한참 멀었다는 눈으로 날 바라보던 사장님

어디어디 여행해봤어요?

음, 이탈리아 영국 노르웨이 인도 미얀마 중국 캄보디아,
에 또……

그럴 때 여행 좀 해본 사람들은 대륙 단위로 대답한다며

아직 한참 멀었다는 눈으로 날 바라보던 사장님

뚫어도 뚫어도 뚫리지 않는 나날들

내가 싼 똥을 한참이나 마주하고서 그 냄새를 맡아줘야
하는 나날들

우리가 형편상 많이는 못 주는데 이 돈 받고도 할 수 있
냐는

그뒤로 수도 없이 들어온 똑같은 질문들

아무리 해도 해도

아직도 누가 한참 멀었다는 눈으로 날

멀리서 바라보고 있는 것만 같은데

근데 막힐 일이 없으면 뚫을 일도 없잖아?

오늘 시원하게 내려가는 이 변기를

내가 이 생에서 누릴 수 있는 최대치의 기쁨으로 알자
　　내려가는 변기에 무한히 감사하자
　　이제 막힌 변기 뚫어본 적 있어요?
　　하고 누가 물으면 누구보다도 자랑스레
　　그렇노라, 대답할 수 있게 되었으니
　　어느새 다시 차올라 변기 한가득 고여오는 맑고 고요한
물을
　　영국 레이크 디스트릭트의 그 어느 호수보다도
　　그윽하게 감상할 줄 알게 되었으니

지껄이고 있다

집에서 쫓겨나 낯선 거리 배회하는 날
딱히 도망갈 곳은 없고
김수영처럼 남의 집 마당에 가서 쉴 수도 없는데
해는 점점 기울어가고
갈 곳이라곤 찜질방밖에 없는 날

나는 술 먹고 지금은 없어진 신촌 어느 찜질방에서 뻗었
다가
뜻밖의 봉변을 당해 밤잠을 못 이룬 적이 있은 이후로
웬만하면 찜질방에서는 자고 싶어하지 않는 인간인데

내가 갈 곳이라곤 다시, 찜질방밖에 없는 날—

기둥 위로 기어올라가
거기서 모든 여생을 보냈다는
어느 주상행자(柱上行者)의 심정이 문득, 이해되기도 하
는 날이다

내려가봤자 뭐하겠나
영원히 토라진 사람의 심정으로
나 자신에게라도 복수하고 죽자는 심정으로
그렇게 세상과 자기 사이에
금을 그었던 사람들

전쟁이 있기 전에는 알레포도 아름다웠다지
(전쟁이 있기 전에는 사실 모든 곳이 다 아름답지)
하지만 전쟁은 늘 불가피하고
성(聖) 시메온이 살아 있었을 때
거기 교회 따윈 없었어
십팔 미터짜리 기둥 하나가 덩그러니 놓여 있었을 뿐
기둥 위로 올라가 삼십육 년간 단 한 번도 내려오지 않았
던 한 노인이 있었을 뿐

알레포는 분노와 슬픔에 압도되었지!
아무래도 드론으로 촬영한 공습 이후의 알레포는
현재 우리들의 정신 상태를 대변하는 듯해
우리들 영혼의 옷을 모두 발가벗긴다면
그보다 나은 꼴을 보여줄 수 있는 사람이 과연 몇이나 될까

잘해봤자 두세 명 정도?

영혼 같은 건 없다고 주장하는 사람들의 마음이
오늘의 나와 같겠지
나라고 영혼 같은 걸 믿고 싶어서 믿는 줄 알아?
그거라도 있었으면 좋겠다는 거야
그것마저 없으면 정말

어쩌지?
하는 심정에
그게 있다고 무작정 우겨대는 거란 말이야
고집 센 황소처럼
뿔로 단단한 벽을 처박아
거기 균열을 내기도 전에
나 스스로 균열이 나고 마는 거란 말이야

불과 2006년에 이슬람 문화의 수도로 선포됐던 그곳에서
더이상 기둥 위로 기어올라가는 사람은 없어

대신 한국의 어느 한 등신이
기둥 위로 기어올라가지 않고도
기둥 위에서 옴짝달싹
아무데도 갈 수 없을 것만 같은 경지에 올랐네

분노와 슬픔에 압도된 알레포……

　기둥 위로 기어올라가 거기서 평생을 산 사람의 심정이
이해된다니
　넌 그게 지금 같이 사는 사람한테 할 소리니??

　그러나 나는 내려가지 않기로 한다

아직은 꿈속이고
　나는 꿈속에서라도 이렇게
　그 누구의 방해도 받지 않은 채
　혼자 있고 싶으니까
　혼자 있게 해주세요
　제발

　나는 더는 딱히 할말이 없고
　마흔이 가까워져 김밥천국에서 혼자 하는 식사는 정말이
지 더럽게 맛이 없고

　그러나 마지막으로 딱 한마디만 더—

　나라고 왜 그 기둥 위로 기어올라가
　종생토록 내려오고 싶지 않을 때가 없겠는가
　그 위에서 누가 먹을 거라도 올려주면 게걸스럽게 감사하
게 개처럼 받아 처먹고
　아무도 먹을 걸 올려주지 않으면
　그냥 잘됐네, 하고 굶어죽고 싶은 마음이
　나라고 왜 안 들겠나

　그 반 평도 안 되는 공간이 문득, 그리워지는 것이다
　전생에 난 그 위에서 굶어죽은 게 분명해

그곳만 생각하면 문득, 사라진 고향땅이 다 떠오르는 것
이다
편안하다
생각하면 편안해지는 유일한 공간이
마음 놓이는 공간이 겨우
기둥 위라니……
운다
참으로 불쌍한 인간이다
딱한 인간이다
그래도 그 위엔 아무도 없으니까
아무도 올라오려 하지 않을 테니까
나는 비로소 숨통이 트일 것이다
하늘만큼 숨통이 트여 하늘의 말을 마구마구
지껄여댈 것이다!

마흔

나는 종이 맹수들을 구겨버린다
옛날 학교 친구가 그랬듯
그걸 입에 넣고 씹어 먹지 않는다
종이를 씹어 먹는 걸 개성의 표출로 생각하기에는
나는 너무 나이들어버렸고

아직 종이호랑이가 되진 않았지만
종이 맹수와는 거리가 멀어
종이 맹수를 씹어 먹으며 호기를 부리는 것과는 한참 거
리가 멀어
너무 먼 거리에 머리가 다 아득해지고

더는 종이를 먹는 게 자랑이 되지 않는다
더는 종이에 그려진 맹수가 발톱 세우고 으르렁거리는 게
공포와 두려움이 되지 않아

마흔의 목전에서 나는
마지막 남은 종이 맹수 한 마리를 그냥 확 구겨버리려다
그만
불쌍한 생각이 든다
아니 어쩌면 그 종이 맹수가 나를
불쌍히 여겨주고 있다는 생각도 들어
벌써 좀 구겨진 종이 맹수를 다시 펼쳐준다

펼쳐진 종이 맹수로 비행기를 접어

이제는 눈 씻고 찾아봐도 호랑이 새끼 한 마리 안 보이는
인왕산 꼭대기에서

아니 꼭 인왕산 아니더라도 호랑이 새끼 같은 건 어디에
도 보이지 않는 한국 어느 산꼭대기에서

나 대신 너라도 한번 멀리

날려보내본다

4부

무한대의 밤

needle in the hay*

건초 속에서 바늘 찾는 꿈을 꾸었다
건초 속에 바늘이 있는지 없는지는 알 수
없었지만 건초 속에는 바늘이 있을 수도
있고 없을 수도
있었지만 아마 있지 않을까 하는 믿음으로
바늘을 찾았다 실제로는 없어도 어쩌면 거기
있지 않을까 하는 믿음이 무엇보다
중요하다 여기며 하나둘
건초를 뒤졌다
바늘을 찾으면 무엇을 꿰매줄 수 있을까 생각하며
혹시 찔리면 손가락에 붉은
핏방울이 둥글게 맺힐 테고
그러면 건초를 붉게 물들이는 행위예술까지는 아니더라
도 행위는 분명
하게 될 거라고도 생각하며
건초를 뒤졌다
바늘은 빨리 찾아지지 않아도 좋았다
어쩌면 바늘은 빨리 찾아지지 않으면 않을수록 좋았고
영원히 찾아지지 않아도 좋았다
사실 바늘 따위는 아무래도 좋았고
나는 그게 뭐가 됐든 좋았다고 말할 수 있을 때가 가장
좋았다
건초 속에서 바늘 찾는 꿈을 꾸었다

건초 속에서 바늘을 찾을 수 있어 좋았다 —

* 엘리엇 스미스의 노래.

—

초자연적 3D 프린팅

좀더 큰 집이 필요하다 그 안에 온 우주를 가둘 수 있는,

그러나 우주도 결국 하나의 집이다
집 우(宇) 집 주(宙) 넓을 홍(洪) 거칠 황(荒)…… 평수
가 좀더 될 뿐

우리가 또 여기서 어디로 갈 수 있겠어? 가도 가도 여기
이곳뿐인데

그래도 지금보다는 훨씬 큰 집이 필요하다
그건 크기만의 문제는 아니어서 한순간의 진동일 수도 있
고 물에서 빠져나와 들이쉬는 단 한 번의 숨일 수도 있지만

여하튼 그 안에 모든 발광과 기쁨과 통곡과 신경쇠약을
가둘 수 있는
눈물과 눈물 없인 못 들어줄 그 모든 노래를 넘나들 수 있
고 여기서 저―기로
저―기서 여기로 마음껏 건너뛰며 놀 수 있는, 장대높이뛰
기 선수가 필요하다

장대높이뛰기 선수의 흉곽 안에서 마음껏 뛰놀 수 있는
풍선처럼 터지지 않는 심장이 필요하고
그 안에 모든 핏물과 파도치는 피바다를 견뎌낼 수 있을

장대하고 긴 핏줄과
　충만한 힘이 마음놓고 뻗어나갈 수 있을 드넓은 아량과
이해와 그 모든 넘쳐나는 것들의 온갖 표면장력을 잡아 가
둘 수 있을 단
　한 채의 집이

　손에 집히는 걸 모두 집어던지는 대신
　눈에 보이는 걸 모두 자판으로 두들겨 화면 속에 때려박
아버렸는데
　세상에, 글자들이 담긴 여백이, 그 글자들보다 더
　그럴듯해 보이는 거 있지!

　아무래도 좀더 큰 집이 필요하다
　네 모든 무지와 나태와 방종을 가둘 수 있는, 그것들 모두
를 가둬 굶겨 죽일 수 있는

　아무래도 하나의 극단적인 선택이 필요하다

                    *　*　*

　초자연적인 밤—
　나는 늘 뭘 잘 모르고
　뭘 잘 모르는 내가 그것에 대해 품는 생각은 늘

153

실제의 그것을 초과한다

초자연의 밤—초자연적 밤바다
누구도 온전히 수용할 순 없어
인간 주제에
그래봤자 겨우 쾌와 불쾌 사이를 요리조리 왔다갔다할 뿐
인 주제에!

자, 여기 칼이 많이 잠들어 있다 어느 칼을 깨워 베어줄
까?
잠든 칼은 깨우기만 해도 춤이다 깨어난 칼이 가만히 앉아
있기만 해도 춤이 두 눈 번득인다 물에 칼자국 난다!

칼로 물 베기의 예술을, 이번엔 누구에게 보여줄까
칼처럼 고요히 누워 있는 물을 누구에게 먹여줄까? 누구
목에 부어줄까?

칼춤 추는 무당아, 하늘에서 보면 너는 붕붕거리는 한 마
리 무당벌레로밖엔 안 보이는구나
아무리 날아봐야 출발지와 도착지가 거기서 거기인 작은
버러지 한 마리로밖에는 생각되지 않는구나
뭐 눈엔 뭐밖에 안 보인다곤 하지만

그러나 네 손가락 위를 기어가던 무당벌레는
손가락이 끝나면 그 끝에서 양
날개를 펼치곤

붕

날아가버리고

뒤에 남겨진 손가락은 날아가는 무당벌레를 한동안 멍
하니 바라만 보다 다시 제정신으로 돌아와
뒤늦게 자판이나 두들긴다

춤으로 바다를 다 건너낼 수 있다고 해놓고선
바닷속으로 풍덩
물속에 들어가는 칼처럼
깨끗하게 입수하는 춤들

오늘은 유난히 밤이 길다
바다 끝까지 가라앉는 데 걸리는 시간과 노력처럼
축 늘어진 팔다리처럼
나는 그 팔다리를 다 주물러주고 싶었으나

누구는 그 팔다리를 몽땅 다 잘라주고 싶었을 것이다

더이상 흔들리며 걸어다니지 않아도 되도록
물처럼 바람에 출렁이지 않도록
다 잘린 너를 식물처럼 땅에 심어주고 싶었을 것이다

흐드러지게 붉은 꽃 필 것인가
바다 위에 점점이 흩어진 산다화 같을 것인가
인간 주제에
그래봤자 겨우 눈에서 딱정벌레가 왔다갔다할 뿐인 주제
에!

무당들이 시퍼런 칼을 먹고 밤새도록 긴 물 뿜어내는 밤
지평선에 가까워져 바닥에 펼쳐지는 몸뚱어리처럼
오늘은 길어지는 밤이 끝도 없고

너는 정말이지 환하게 미쳐 있다
아주 멀리서도 다 보일 만큼

                        * * *

가까스로 화장실로 몸을 던져 지퍼를 여는 데 간신히 성
공한 나는
놀란다! 아직도 내 몸안에 이렇게나 많은 따뜻한 것들 숨
어 있었다니

156

술이 확 깬다, 알 수 없는 힘 솟구친다!
그러고는 미소 지은 채 그 자리에서 그대로 고꾸라지고

하늘이 땅에 물을 주면 땅은 그걸 또 좋다고 다 받아 마
신다
술 처먹고 노상방뇨 하는 아저씨들의 물조차도 땅은 다
받아 마셔

만취 상태에 드니 대지가 울렁울렁
대지도 토하고 싶은 거겠지 대기도 흔들린다
때로는 대기도 확 다 토해내고 싶은 거겠지

술에 꼴아 더이상 차도와 인도를 구분하지 못하는 분이
시여
차도를 인도처럼 걸어다니며 온갖 차들로 하여금 너님을
비켜가게 하는 분이시여!

다 토해내고 난 후의 밤이 좋다
"세상은 다리니 그 위에 집을 짓지 말지어다" 따위의 문
장들을 강물 위에 다리처럼 놓고는 그곳을 홀연히 뜨자마자
하나둘 강물 속으로
뛰어들기 시작하는 단어들이 한없이 사랑스럽기만 한 밤

우울함이 다리 위에서 다리 아래를 바라보는 나를 보고는
못 본 체 그냥 지나가준다
모든 것은 지나가
이번만은 나도 널 그냥 지나가주지

수십 번 돌려봐도 내 것이 되지 않던 필름처럼 삶이 내 것
이 되지 않을 때
그날 봤던 강변의 대관람차를 떠올리며 생각한다, 아무렴
삶이 내 것은 아니지
돌고 도는 삶 위에 올라타 돌고 돌고 돌다 미처 내릴 생
각을 못하고
그 아래 펼쳐지는 야경에 탄성이나 내뱉다, 말한다

그러니까 그건, 네 것도 아니다

갈 데까지 갔다, 라는 말이 있던데 갈 데는 무궁하고
겨우 제자리를 돌고 돈 주제에 갈 데까지 갔다, 라고 생각
하는 바보 멍청이들이여
삶을 좀 우습게 봐줄 줄 알아야 삶도 널 우습게 보지 않
지 않겠어?

별짓 다 해봐야 한갓 인간에서 벗어날 수 없다

과도한 오류와 확대해석을 통해서만 간신히 신성(神性)에
도달하는 오늘은 정말이지 더 큰
    사랑이 필요하다 도저히 감당할 수 없는, 감당하다 내가
죽을, 죽어도 여한 없을 사랑이……
    (그럼 신성으로서도 영광이겠지)
    나 대신 여기서 더 멋지게 마지막을 장식해줄
    지구 최고의 다이빙 선수가 필요하다!

    ……어머 나 좀 취했나봐,

    (오죽하면 네가 그럴까)

    그날따라 우린 세상에서 우리가 못할 건 없을 것만 같았고

    차라리 모든 걸 잃고 싶다 모든 걸 잃고 나면 사람은 바뀌
기 싫어도 바뀌고
    정신이 송두리째 뿌리 뽑혀 생각지도 못한 생각에도 이
르게 되고

    인생을 포기하자 갑자기 멋있어진 한 인간에게 어느 날
너는
    한눈에 반하고

그런 밤이면 좀 지나치다 싶을 만큼의 여백이 필요하다
　　글자를 읽다 잠시 여백으로 새어나가 마냥 걷다보면 누구
도 방해하는 이 없어, 정말이지 이건 해도 해도
　　너무한다 싶을 만큼의 고요 속에서
　　끝도 없이 홀로 거닐다 마침내 조용히
　　마음의 결정을 내릴 수 있게

　　네가 내 혈관 속에 흐를 수 있게 해줄게
　　내가 네 혈관 속에 흐를 수 있게 해줄래?

　　(오죽하면 내가 이럴까)

　　그런다고 죽는 일은 없겠지만
　　목숨을 다해서, 라는 기분으로
　　그래봤자 우리가 어제의 인간에서 한 치라도 벗어날 가능
성 따윈, 아무래도 없다고 봐야겠지만
　　마침내 난 내 모든 걸 다 바쳤다! 라는 기분이 들 때쯤
　　원하든 원치 않든 다시 잔뜩 들어찬 글자들로 붐비는 아
침은 올 것이고

　　너는 이윽고 제정신으로 돌아오고 말겠지만 그건 그때 가
서 생각하고, 어쨌거나 오늘은

너의 엄청난 힘이 내 위에서 쓰러지는 게 나는 좋다 ⎯

소나무야 소나무야

청산도에는 할머니 소나무가 있다
할머니가 사라져 잠들지 못하는 아이에게 할머니가 저 소
나무로 변한 거라 말해주자 오늘도 아이는 소나무 아래로
가 울음을 그치고 잠이 들었다

다 지어낸 얘기다
옛날부터 바닷가에 살고 싶어했고 지금은 청산도로 와 살
고 있는 여자가 지어낸 얘기를 듣고 아아, 하는 사람은
죄다 관광객들뿐이겠지만
그 얘기는 그걸 들은 한 사람을 정말로 놀라게 했고
진짜로 아이들이 소나무 아래로 가 잠들게 만들었다

그리고 어느 날 나는
그 여자네 민박집에서 하루를 묵고 온 너에게서 이 이야
길 전해듣게 되었다
밤이 깊어서야 돌아와 전화로 이런저런 얘길 들려주던 네
가 그날 왜 거기 혼자 갔었는지는 이제 기억도 나지 않지만

찬바람이 밀려오는 창문, 그걸 꼭 닫아준 나는
마침내 아주 커다란 소나무 아래로 가 누울 수 있었다
이미 너무 많은 아이들이 와 잠들어 있었지만
먼 밤바다가 재워주는 소나무의 잠은 튼튼했고

자다 깬 몇몇 아이들은 소나무 위로 올라가 먼바다를 내
려다보며 아주 커다란 이야기를 아주
  대담하게 지어내기도 했다 먼바다만큼이나 크고 아주 어
두운 이야기를 밤새 지어내도 밤은 도무지
  끝날 줄 몰랐고
  아무래도 안 되겠다는 듯
  아이들은 그만 다시 소나무 아래로 내려가 하나둘 잠이
들었다

  오지 않는 잠도 억지로 밀어넣으면 뿌리를 내리는구나,
  라고 말하지 말지며
  오늘도 술 한잔 없이는 제대로 잠을 이루지 못하겠구나,
  라고 말하지도 말지어다
  다들 이 소나무 아래로 와서
  소나무야 소나무야, 언제나 푸른 네 빛
  하는 힘찬 노래를 들을지어다
  그렇게 노래하는 힘찬 잠에
  오늘도 뿌리까지 뽑힌 채 쓰러져
  곤히 잠들지어다

밤섬의 저음
—성기완 형께

밤섬에 다녀왔습니다
오로지 밤섬의 저음을 듣기 위해

과연, 형 말대로 밤섬은 저음 그 자체더군요
밤은 시종일관 차분히 가라앉아
도무지 고음을 낼 생각은 없어 보였고
섬도 수면 위로 솟은 부분이긴 하나
도저히 고음이라고 하긴 어려웠으니까요
하긴
하늘의 입장에서 보면 에베레스트라고 그게 무슨 고음이
겠냐마는

밤섬에 다녀왔습니다
밤섬의 저음*은 제가 〈ㄹ: sonicwallpaper4poetrybook〉에
다녀올 때마다 가장 깊어지는 저음
소리로 먼저 만난 밤섬은
ㅂ과 ㅅ의 양어깨를 ㅏ와 ㅓ가 좌우에서 붙잡아주고
(없는 친구들이 혼자 술 취한 저를 좌우에서 붙잡아주고)
ㅁ 둘이서 제가 걸어가는 아래를 단단히 지탱해주는 모
양이었습니다
밤섬의 기반암은 단단하고도 부드러운 마음씨 ㅁ
총면적 24만 1490m²에 해발고도 3.0∼5.5m에 이르는 그
황홀한 저음이란!

과연 밤섬의 저음이란 난생 처음 들어보는 아주
전면적인 저음이어서
저는 밤새 거기 두 발 담근 채
같은 물에 발을 두 번 담글 수 없다는
헤라클레이토스의 말이나 되뇌며
고음의 반대편에 위치한 물은 죽음의 명상을 위한 탁월한
질료적 가르침이라는
바슐라르의 말이나 되뇌며
흐르는 물 쳐다보다 왔습니다
흐르는 물의 가장 낮은 저음까지 내려갔다 왔습니다
밤섬에 다녀온 후로도 저는 한동안 계속
더 낮아지고 있습니다
남들 눈에 띄지 않을 만큼
누구도 발 디디지 못할 만큼
다음에 저를 만나면
못 알아보실지도 몰라요
그럼 아마도 더 낮은 저 아래를 내려다보셔야겠죠

무한대의 밤이 우리를 낳았고
우리 또한 무한대의 밤을 낳을 것입니다
그리고 우리 모두는 각자 밤 위에 뜬 섬 한 채로
그 섬의 그 어둡고 거대한 녹색 저음들로

—

밤새
웅웅거릴 것입니다

* 성기완의 시집 『르』 수록 시이자 앨범 〈르: sonicwallpaper4poetry-
book〉 수록 곡.

—

166

무한대의 밤

몇 달간 밤잠을 설쳐가며 두꺼운 벽돌 책을 다 번역하고
서 마침내 뜨거운 욕탕에 들어가 그동안 밀린 한숨을 한꺼
번에 휴우— 내쉬었는데

깨고 나니 꿈이었다.

간밤에 가장 친한 친구가 자살을 했다 나는 너에게 별 의
미가 아니었나보다, 하고 좌절해 혼자 술을 마셨는데

깨고 나니 꿈이었다

나는 이제 살 만큼 살고서 죽을 날만 손꼽아 기다리는 중
인데

깨고 나니 꿈이었다

깨고 나니 꿈이었다

우리집 강아지는 늘 잠이 덜 깨 있었고
잠이 깰 때쯤 다시 잠이 들어 밤과 낮을 찬물과 더운물처
럼 뒤섞였는데

깨고 나니 꿈이었다

장자를 만나 물었다: 제가 부모님이 돌아가셔도 북 치고 노래 부를 수 있을 실력이 되겠습니까? 장자가 무시하고 말했다: 걔네 잘 지내? 노자가 말했다: 잘 지내긴 다 죽었지 걔네가 나이가 몇인데

자고 나니 내 차례였다

원래 없던 게 없어졌는데 슬플 게 뭐가 있느냐는 맹인 보르헤스에게 알바비를 받고 책을 읽어주던 소년이 말했다 괜찮으면 다음번엔 네가 한번 해볼래? 나는 보르헤스에게 내가 쓴 이야기를 들려주며 한 시간 동안 그를 여섯 번 웃겼고 마지막에 한 번 울렸다

깨고 나니 꿈이었다

깨고 나니 꿈이었다

영원히 깨지 않는 꿈을 꾸었다

깨고 나니 꿈이었다

의식과 무의식의 비밀을 모두 파헤치는 꿈을 꾸었다

깨고 나니 꿈이었다

또다시 살인을 저지른 첼리니가 다음날 메두사의 목을 쳐든 페르세우스 동상을 떠올리는 것만으로 속옷에 사정하는 모습을 옆에서 지켜보았다 그는 "다음은 네 차례야"라고 말하며 내 항문에 불끈거리는 자지를 쑤셔넣었다

깨고 나니 꿈이었다

낚싯바늘을 삼켰다 나는 한 마리도 아닌 네 마리 제주 은갈치였고 바늘을 삼킨 순간 이제 다 끝장이라는 걸 알았다 이제 다 끝장이 난 나는 뭍에 올라 식탁 위에서 환히 파헤쳐지기 직전, 아버지에게 마지막으로 한번 더 대들었고, 아버지는 내게 불같이 화를 냈으며, 나는 죽을힘을 다해 마지막으로 한번 더 아버지의 목을 힘껏 졸랐다 주먹으로 머리 위 베개를 내리치는 동시에 나는

꿈에서 깨어났다

그 꿈은 진짜가 아닌 것들과 가짜가 아닌 것들로 뒤섞여 있었고

동창회에 가서 자식 자랑을 실컷 하고 친구들에게 등신 소리를 들었다 태어나길 정말 잘했다고 태어나서 스무번째로 생각했다

　깨고 나니 꿈이었다

　이제 학부모가 된 너와 둘이 따로 만나 바닷가 횟집에서 소주를 마셨다

　깨고 나니 꿈이었다

　갑자기 술 취한 인간 하나가 내 옆에서 비명을 질러대기 시작했고 깜짝 놀란 나는 손에서 술잔을 떨어뜨렸지만
　그거야 어찌됐든 비명을 지를 때만 우리 인생은 조금이나마 가치 있어지는 것 같다

　으아악!

　깨고 나니 꿈이었다

　더이상 아무 일 안 해도 먹고살 수 있게 되었다

　깨고 나니 꿈이었다

더이상 남의 눈치를 보지 않아도 되게 되었다

깨고 나니 꿈이었다

이제는 다들 나를 거들떠도 보지 않게 되었다

깨고 나니 꿈이었다

사실 우리가 앞으로 보내야 할 시간은 이미 다 흘러가버
렸는데
우리의 인식 속도가 따라가질 못해 흘러간 시간을 아직도
이렇게 흘려보내고 있는 거란 얘길 들었다
어째 기쁠 때도 은근 늘 허무하더라니!

깨고 나니 꿈이었다

산속에 텐트를 치고 살았는데 자연인 프로그램 팀이 와서
먹을 것을 주고는 대신 촬영을 좀 해도 되겠느냐고 물었다

깨고 나니 꿈이었다

깨고 나니 차가운 텐트 속이고

나는 또 혼자고
　시간은 밤이고
　너무 추워서 콧물을 질질 흘리며 울었는데
　콧물을 닦을 휴지가 없어 대충 손으로 닦고 바지에 비볐다

　깨고 나니 꿈이었다

　이곳은 천국입니까 지옥입니까? 천국도 한순간에 지옥이
되는 법이고 지옥은 멀리서 천국의 천국됨을 묵묵히 지켜주
는 성인에 다름 아니니라

　깨고 나니 지옥이었다

　지옥 덕분에 천국도 있는 거란 사실을 잠시 위안으로 삼
았다가
　천국을 없애면 지옥도 사라질 거란 생각에 천국을 없앨 궁
리를 하기 시작했다

　깨고 나니 천국이었다

　천국에서 나는 너무 배불리 처먹어서 천국을 폭파해 지옥
을 구제해야겠다는 의지조차 상실했다

깨고 나니 꿈이었다

꿈이었지만 기분 더러웠다

깨고 나니 꿈이었다

깨지 않는 꿈이었다

깨지 않는 꿈이 바닥에 떨어져 깨졌다 아니 이게 얼마짜
린데…… 흑흑……

깨고 나니 그 자리에 그대로 있었다

모든 게 다 제자리에 그대로 있었다

나무 위에서 녹은 눈물이 얇게 쌓인 눈 위로 떨어지는 소
리를 들었다 눈을 뜨고 듣다가 눈을 감고도 들었다 눈이 물
을 맞고 사라지는 낮은 볼륨의 소리를

이것은 꿈이 아니고 내가 방금 실제로 겪은 일이다 이 글
을 메모하느라 장갑을 벗은 한쪽 손이 얼어가고 내 머리 위
로는 계속해서 녹은 눈물이 떨어져내린다

—이봐요, 가속도가 붙었을 때는 멈추려 해도 도무지 멈
춰지질 않아요
—그렇다면 뛰어내리는 수밖에

깨고 나니 꿈이었고

아직도 꿈은 달리는 중이었고

깨고 나니 꿈이었고

어느새 다시 꿈속이었다

레퀴엠을 듣는 검은 풍뎅이가 등에 나를 태우고 달렸다
나를 태우고 집안 구석구석 가지 않은 곳이 없었다
먼지 쌓인 식탁 아래와 벽장과 책장 틈새……
검은 풍뎅이는 나의 상여로구나
어린 시절 밟아 죽이고 굶겨 죽인 모든 검은 풍뎅이들이
나의 지옥이었구나
이제 나는 그 검은 풍뎅이 위에 올라타
온갖 더러운 곳을 다 가봐야만 하는구나
가보지 못한 더러운 곳이 하나도 남아 있지 않게 될 때
까지
커다란 공처럼 뭉쳐진 먼지와 먼지와 먼지의 산을 넘고

또 넘어……

　깨고 나니 꿈이었다

　하얀 불이 켜지면 점점 자라나기 시작하는
　등갓에 수놓인 흰 꽃

　깨고 나니 꿈이었다

　어느 시에선가 그런 노래를 부른 적이 있다
　물이 든 병에 천천히 꽃다발을 꽂아주듯
　병든 꽃다발에 천천히 물을 부어주듯
　서로 상처 주고
　또 용서하고……

　깨고 나니 꿈이었다

　깨고 나니 꿈이었다

　무엇에도 비견할 수 없는 온갖 형형색색의 꽃들이 그대로
인해 피어났어요 단 하룻밤 만에 이상한 봄이 왔어요 보도
블록 사이에 피어나는 꽃이랑 열대지방에 피어나는 길고 커
다란 꽃들이 모두 한꺼번에 난 사진 찍는 거 싫어하는데 그

꽃을 그 모든 꽃을 모조리 다 찍을 수 있는 모든 각도에서 찍
어 간직했죠 오직 그대에게 보여주기 위해 사진 한 장 한 장
을 모두 기억했어요 그대는 내게 말했죠 네가 이렇게 자유
로웠던 적이 없었던 것 같아 그대는 아니라고 말하지만 이
모든 게 그대 때문이라고 말해요 이상한 봄이 왔어요 그대
로 인해 모든 게 그대로인데 그대로이긴 한데 난 그대에게
이게 다 당신 때문에 핀 거라고 당신은 내게 이제 너는 너무
자유로워졌다고 이렇게 아름다운 꿈을 꾼 적이 없어 나는
눈물이 흘러 전 세계의 모든 계절에 피는 꽃들이 다 피어 있
는 언덕, 거기서 난 눈을 떴는데

　눈을 뜨고도 생생한 꿈이어서

　도무지 꿈 같지가 않았다

　무한대의 밤을 그어 한번 터진 환희는 과연 멈출 줄을 모
르고

　깨고 나니 꿈이었다

　그리고 봄이 왔다

　속에서 멈추지 않는 환희를 견디며 흔들리는 마이크처럼

휘청대는 한 그루 꽃나무
　입속에 집어넣은 구름이 온몸의 상공을 떠돌다 전부 돌아
올 때까지 단꿈을 꾸네

　그런 노래가 들리는 듯한 봄꿈을 꾸었다

　멀리서 우레가 운다
　우르르르르 거인이 울려다
　울음을 참는 것 같아
　거인의 등허리 위에 낀 이끼들이 우르르 지반을 이탈하
려다
　다시 고요를 되찾은 것 같아
　멀리서 우레가 우니 좀
　간지럽고
　괜히
　슬프군
　애인이 혼자서 울다가
　내 생각에
　울음을 그치고 불을 끄는 것만 같군

　이것은 꿈인지 현실인지도 모르겠고

　올해 첫봄의 천둥소리가

이내 심금을 울리노라

이것은 영화에서 들은 대사인지 내가 쓴 대사인지도 모르겠고

사실 나는 요즘 현실감각이 극도로 희박해졌는데

깨고 나니 꿈이었다

어릴 때 내가 부화시킨 개구리 알이 몇 개였던가
다리 난 올챙이들이 화초 끝까지 기어올랐고
그때는 학교도 들어가기 전이었는데

깨고 나니 채 뒷다리도 나기 전이었다

나쁜 생각이 떠오르면 나도 몰래 머리를 세차게 흔들어 댔다
마치 생각이라는 게 머리에 붙어 있는 흙먼지라도 된다는 양

깨고 나니 머리가 흙속에 처박혀 있었다

깰 필요도 없는 꿈이었다

그 꿈은 현실 그대로였고

샤토브리앙의 비문
파도와 바람 소리만을 듣고 싶어한 사람을 위한 해변의
묘지
얼마나 좋을까
파도와 바람 소리만 듣고 살 수 있다면
그러나 파도와 바람 소리만 듣고 살 순 없는 노릇이고
파도와 바람도 실은 여러 의미로 해석되는 것이고
세상에 샤토브리앙이 원한 파도와 바람만 있을 수도 없
는 노릇이고
그러니 파도와 바람만을 원할 수도 없는 노릇인데
하여튼 나는 해변의 묘지에 홀로 선 채
그 비문을 읽으며 감격에 겨워 있었다

깨고 나니 꿈이었다

이번만은 깨지 않았으면 했는데

깨고 나니 꿈이었다

뿌리(Puri)의 골든비치에서 봤던 파도치는 화장터

스와르가드와르, '천국의 문'을 생각하면 언제나 시체 타는 냄새와 함께 거대한 파도 소리가 밀려온다

거기서 불타는 시체들이 모두 나의 시체들이었다고 해도 날 놀래킬 순 없어

갑자기 내 눈앞에서 툭 떨어지던 정강이뼈가

내 것이었다 해도

깨고 나니 꿈이었다

이봐요 네르발 씨, 오늘도 랍스터와 함께 해변으로 산책을 나오셨군요? 아뇨 저는 네르발 씨와 함께 산책중인 랍스터인데요 이봐요 랍스터 씨, 지금이 몇시죠? 저는 시계가 없습니다 시계는 저급해요 아니 글쎄 궁금하지도 않은 시간을 자꾸 보여주지 뭡니까 여름이 지나 가을이 되면 결국 몸은 텅 비게 될 텐데 텅 빈 터널 같은 마음속으로 찬바람만 자꾸 불어올 텐데……

깨고 나니 무너진 터널 밖이었다

해변에서 십 미터쯤 붕 떠서 아래를 바라보았다
십 미터쯤 붕 떠서 바라보자 현실은 꿈이 되었고

그날

만삼천 피트 상공에서 내려다본 바다는
조니 미첼의 앨범 〈Blue〉의 커버 색깔이었다

깨고 나니 꿈이었다

구름은 올려다보면 좋지만
내려다보면 기절하죠
바다 위 구름의 바다
나는 구름 속을 헤맨다 구름 속을 헤매지 않는 것은 아무
의미도 없다
지금 드는 생각의 이착륙을 위한 긴 활주로가 필요해

여전히 같은 꿈속이었다

나는 어느덧 빛으로 가득한 그리스식 회랑에 당도해 있
었다
새하얗고 튼튼한 기둥
일렬로 늘어선 기둥은
믿음직스러우면서도 어딘지 조금
기만적이고

어차피 깨고 나면 다 꿈이다

— 깨지 않는 꿈을 꿀 순 없을까

쯧쯧쯧, 한심한 자여—
죽은 후의 일은 궁리치 말고
태어나기 전에 그대가 어디 있었는지나 궁리해보거라

하고 피타고라스가 말했다

꿈 깨, 라는 말
돌이켜보면 그 모든 게 긴긴 꿈에서 깨어나려는 노력이
었고

사는 일이 앞뒤가 막막하다고는 하지만
사실 우리네 생은 앞뒤가 모두 뚫려 있구나

온몸에 힘을 주면 환생이고
온몸에 힘을 빼면 해탈이라는 생각에
잠시 힘을 빼고 한가로이 구름 위에 누워 있었는데

바야흐로 머릿속에 무한이 해방되었는데

깨고 나니 꿈이었고

—

어느새 다시 꿈속이었다

나는 끝없이 펼쳐진 긴 회랑을 끝도 없이 걷고 있었다

선언된 낭만성 혹은 현재적인 것에 대한 반동

김상혁(시인)

예술가는 자신에게 부여된 한계를 '풍부한 유머로' 수용한다.
이로써 고전주의 도덕에 종지부가 찍힌다.
　　　　　　　　　　　　　　　　　　　　　—빌헬름 엠리히

　　　　　　　　　　　　　＊

　황유원 두번째 시집을 여는 '시인의 말'은 두 가지 측면에
서 인상적이다. 우선 시 한 편 분량에 달하는 저 자서는 잘
쓴 시에서 우리가 기대하는 모든 미덕을 갖추고 있다. 현대
시의 어휘와 정황이 무릇 일상에서 비롯해야 한다고 믿는
이도 있고, 그러한 일상성의 배면에 도사린 남다른 인식과
태도를 찾으려 하는 사람도 존재한다. 균형 잡힌 형식에 끌
리는 독자, 시가 선연한 감정이기를 혹은 철학과 비슷한 무
엇이기를 요구하는 독자, 좋은 시란 단적으로 좋은 이미지
라고 주장하는 독자, 산문적 문장을 선호하는 독자와, 산문
안에서도 리듬의 생동감이 구현되기를 바라는 독자까지, 황
유원이 적어둔 머리말은 전방위적으로 시적이어서 그들 모
두를 안심시킨다. 하지만 읽기는 예상대로 진행되지 않는
다. 응축된 형식미를 지닌 '시인의 말'에 비하면 이후 시들
은 기이하리만큼 늘어진 호흡으로 유머와 냉소, 낭만적 정
서를 다채롭게 변주해나간다. 시집 끄트머리에 놓인 「무한
대의 밤」이 물리적 거리로 보나 글의 질감으로 보나 책 첫
머리로부터 가장 멀리 떨어져 있다는 건 우연이 아닐 수 있

다. 결과적으로 『초자연적 3D 프린팅』을 읽는 일은 가장 시적인 입구로 들어선 다음 가장 비(非)시적으로 보이는 출구를 통하여 빠져나오는 경험과 다르지 않다. '시인의 말' 첫 구절을 살펴보자.

관상용 식물은 눈이 없으면 필요
없어진다
그리고 우리는 눈의 노예가 아니다

다분히 의도적인 행 배치로 위 문장은 다음과 같이 읽힌다. '(인간에게 눈이 없다면) 관상용 식물은, 없어진다.' 이후로는 반복과 변주다. 황유원의 말대로 '귀, 코, 혀, 피부, 마음'이 없다고 가정해본다면 우리 감정을 달래는 음악, 술, 노래, 포옹 그리고 시조차도 쓸모없을 것이다. 즉 '필요와 쓸모를 다한 것'은 '없는 것'이나 다름없다. 다만 그러한 가정과 결론이 강조될수록 우리가 맞닥뜨리게 되는 진실은, 감각을 제거하지 않는 한 모든 인간은 보고 듣고 맛보고 만지고 느낄 대상을 평생 갈구하며 그것에 영원히 얽매이리라는 점이다. "우리는 눈의 노예가 아니다"라는 선언이 사뭇 비장한 까닭은 그저 어조 때문이 아니다. 시인이 주창하는 것은 가령 시각을 지닌 상태로 시각의 노예가 되지 않는 인간 또는 글쓰기다. 이와 같은 구상은 극히 까다롭고 어쩌면 불가능해 보인다.

'시인의 말'을 단지 비장하기만 한 레토릭으로 보느냐, 아니면 창작에 적용할 만한 실천적 선언으로 받아들이느냐에 따라 시집 읽기는 달라진다. 본 발문은 후자의 관점을 지지한다. 감각의 노예 되기를 거부하는 태도가 시를 통해 구현될 수 있을까? 그렇다면 창작 과정에서 구체적으로 무엇이, 어떻게 거부되었는가? 조금 딴 이야기지만 우리는 흔히 좋은 시집을 읽는 경험을 '작품 속을 행복하게 헤맨다'고 비유하거나 '텍스트 안에서 즐겁게 길을 잃는다'고 표현하곤 한다. 하지만 길을 잃든 시를 헤매든, 독서라는 여정이 어느 개인에게 일단 의미 있는 경험이 되려면 읽는 이가 영원한 미아로 책 속에 남아서는 안 된다. 긍정적 의미의 무궁무진한 텍스트란 계속해서 '다시' 읽히는 것이고, 그렇게 다시 읽히려면 독서는 매번 의미 있게 마무리되어야 한다.

　"우리는 눈의 노예가 아니다 (……) 우리는 마음의 노예까지도 아니다"라는 선언은 독자가 아무 소득 없이 책을 덮어버리는 일을 미연에 막을 만큼 실제적이다. 시인이 거부하는 것은 감각 자체가 아니라 감각이 지닌 관성이다. 알다시피 인간의 감각은 전혀 주체적이지 않다. 왜 하필 눈은 관상용 식물을 바라보게 되는가? 보며 즐기라고 만들어진 관상용 식물 앞에서 좋다, 아름답다는 감정을 느낄 때 시각과 그 시각이 촉발한 감정에 대해 우리는 얼마큼이나 주체적일까? 청각이나 후각에 관해서도 비슷한 질문이 가능하다. 이어폰을 낀 귀는 정황상 이미 철저히 종속적이며, 오물을 더러운 것으로, 위스키를 향기로운 것으로 수용하는 후각 또한 자동화되어 있다. 그러한 감각-기계의 노예가 되지 않으려면, 문화적 원인으로든 생리적 이유로든 감동받을 만한 것을 보면서 감동하고 좋을 만한 것을 들으며 쾌감을 느끼는 방식을 거부해야 한다. 가령 감각의 노예가 되지 않겠다고 눈을 없앨 수는 없는 일이다. 하지만 우리는 관상용 식물을 바라보며 익숙한 감상에 빠져드는 대신 거기 관성적으로 머무르려는 감각과 감정을 철회할 수 있다. 혹은 "밤의 해변에 홀로 앉아" 눈길조차 던져본 적 없는 들풀을 떠올리면서 그것이 촉발하는 감정을 마음이라는 "백지 위에 고요히 출력해"봐도 좋을 것이다.

낭만적 서정이 탄생하는 과정은 보통 이렇다. 시적 상황이 존재하고 시인의 감수성이 반응함. 하지만 감각의 노예 되기를 거부한 주체의 시쓰기는 다음과 같다. 일상적 상황이 무차별하게 산재하며 시인의 감각이 그 가운데 하나를 포착함. 그러한 시쓰기는 시적인 상황과 우연히 마주치기를 기다리지 않는다. 시인은 모든 상황을 사후적이며 능동적인 감정으로 출력해낸다. 그러므로 소재는 무궁무진하고 언어는 덩달아 풍성해진다. 시적인 상황은 드물지만 상황은 무한하기 때문이다. 그는 슬픈 술자리를 그리는 것이 아니라 평범한 술자리에서 슬픔을 발견한다. 그는 감동적인 풍경에서 시를 시작하는 게 아니라 일상의 풍경을 쌓아 감동의 입체를 구동시킨다.

입을 틀어막고 우는 울음도 있지만
그냥 그대로
고여 있는 울음이 있다

놀러온 인간들이 다 꺼내 마시고
웃고 떠들다 만취할 때까지
쏟아지지 않고
그저 자리만 옮기는 울음

내 안에서 네 안으로
그것은 옮겨간다
역의 대합실에서
잠든 밤 기차로 옮겨가는 여행자처럼

끝내 고요한 울음이 있다
늘 수평하고
초지일관이므로
누구도 그에 대해 뭐라 하지 못하고
지나갈 땐 그 앞에서 예를 갖춘다
　　　　　　　　　　—「짧은 술자리」 전문

술자리가 길어질수록 흔한 것이 "입을 틀어막고 우는 울음"이다. 하지만 짧은 술자리에서 울음은 끝내 터지지 못한 채 "그저 자리만 옮기는 울음"이거나 "끝내 고요한 울음"으로 남는다. 마지막 연이 강조하듯 수평과 초지일관으로 진술되는 슬픔이야말로 '나'가 먼저 들여다보아야 보이는, '나'의 감각과 감정이 주체적으로 개입할 만한 감정이다. 술기운에 떠밀려 터지는 울음이 아니라, 만취한 주변과 동떨어져 고요히 재구축되는 슬픔만이 스스로 노예 아님을 주장할 만하다. 그리고 그러한 감각 혹은 감정에 대해서는 "누구도 그에 대해 뭐라 하지 못하고/ 지나갈 땐 그 앞에서 예를 갖춘다".

간단한 호흡 때문에 얼핏 소품으로 보이는 시는 「짧은 술자리」 외에도 여러 편인데 대표적으로는 「밤의 병실」 「가슴에 한 병 두 병」 「학림(鶴林)」 「음소거된 사진」 「윙컷」 등이다. 시집 속 여타 작품이 대개 냉소와 유머를 담는 데 비하여 시종일관 진지해서 더욱 도드라지는 저 시편들은 황유원이 근본적으로 편애하는 정조를 잘 드러내준다. "밤의 병실"을 찾은 '나'는 아프지도 않고 병도 없는데 아무 침대에나 누워본다. 당연히 아픈 감각이 부재하므로 회복의 감각 또한 막연히 가정되거나 옛날 일로 회상될 뿐이다. 이는 물론 거짓 감각이지만 '나'의 엉뚱한 상상이 산출해낸 것이다. 「가슴에 한 병 두 병」의 '나'가 들여다보는 마음속 술병은 술-슬픔이 다 마른 뒤에 텅 비어 있는 투명한 유리병의 모습을 하고 있다. 넘치는 슬픔의 감각이 아니라 그 슬픔이 다 흐르거나 슬픔을 몽땅 흘린 이후의 감각이 상상된다. 「학림(鶴林)」에서 화자는 부처가 입멸한 숲에 시선을 던지며, 사랑하는 이와 헤어지는 고통을 뜻하는 애별리고(愛別離苦)와 구하는 것을 얻지 못하는 고통인 구부득고(求不得苦)를 떠올린다. 오래된 그림 한 폭 같은 분위기를 풍기는 이 작품이 독자를 사로잡는 까닭은 '나'가 오랜 시간 들여다보았을 자신의 삶-고통이 특히 "모두 말라 흰빛으로 변한 숲"의 이미지로 드러나기 때문이다. 고통에 대해 "그냥 멀리서 바라봐주는 게 좋았다"라고 말하기 위하여 시인은, 머리칼이 희게 변하고, 핏물이 희게 말라가고, 결국 푸른 숲마저 모두 흰빛으로 변하기까지의 길고 긴 시간을 상정한다. 여기서도 감정은 고요히 재구성되는 무엇이다. 다른 작품에 나타나는 '음소거된 사진'이나 '윙컷'(새 날개깃을 잘라 비행 능력을 줄이는 것)의 이미지 또한 자동화된 정서의 통제 혹은 철회를 비유한 것으로 읽힌다.

*

다변을 개성으로 삼는 시인의 작품 가운데 섞여 있는 짧고 낭만적인 작품을 읽는 일은 언제나 즐겁다. 길고 긴 이야기에 귀기울이는 중에 들리는 장탄식처럼, 거기에는 시인의 진심이 담긴 것만 같고, 그런 숨결은 대화 도중 시시껄렁한 농담으로 자꾸만 빠지는 자의 곤란한 심경을 말해주는 것 같다. 황유원 시집을 읽을 때는 특히나 더하다. 시인은 사뭇 심각한 얘기를 꺼냈다가도 픽, 웃음으로 표정을 풀며 딴

청을 부린다. 대단히 슬프지도 엄청나게 놀랍지도 않은 그
의 말을 퍽 재밌게 경청하면서도, 혹시 그가 나를 진지한 청
자가 아니라고 생각하는 건 아닐까 의심이 드는 순간에, 그
는 말하지 못할 슬픔이 있다는 듯 숨을 고른다. 그런 숨결은
대화 도중 시시껄렁한 농담으로 자꾸만 빠지는 자의 고단한
얼굴을 거듭 들여다보게 만든다.

*

낭만성은 시의 효과로서 중요하다. 독자가 헤아릴 것은
낭만적 외피를 두른 황유원의 언어가 어떤 방식으로 새롭
게 작동하는가이다. 첫 시집부터 빠지지 않고 등장하는 소
재는 술, 음악, 꿈 그리고 인도철학이라는 그의 전공과 연관
된 것들이다. 작품 속 수많은 '나'들은 술에 취해 있거나 음
악에 몰입한 상태이며 꿈에 붙들려 있다. 몇몇 여행 시는 불
교와 힌두교 소재와 어울려 이국적 분위기를 형성한다. 이
루지 못한 사랑에 대한 회한이 장황한 언술로 재현된다는
점도 특징으로 꼽을 만하다. 이상을 근거로 황유원 시의 낭
만성을 떠올리는 것은 어렵지 않으나, 우리가 흔히 말하는
낭만성 개념이란 어느 시인 혹은 시집의 특징으로 삼기에는
지나치게 막연하거니와 부정적인 뉘앙스마저 풍긴다. 서양
에서 18세기 후반부터 19세기까지 긴 시간대에 걸쳐 전개된
낭만주의 문예사조는 지역·시기에 따라 특성과 전개 양상

이 판이할 수밖에 없다. 낭만주의 전반을 살펴 낭만성 개념을 확정하기 어려운 이유가 여기에 있다. 게다가 낭만성은 감상성과 동의어로 간주되기도 하는데, 어떤 문학이 감상적이라는 말은 이성적 성찰이 배제된, 소위 독자의 눈물을 쥐어짜내는 작품이란 뜻과 다르지 않다.

그럼에도 황유원은 낭만주의자가 맞을 것이다. 그에게 지금은 행복한 순간이 아니며 여기는 즐거운 장소가 아니다. 가령 현실은 정신 사납게 시끄러운 곳이어서 완벽한 고요는 사진에서나 찾을 수 있다. 가령 그가 생각하는 '빛'은 책 속에 혹은 화려한 과거에나 존재해서 시인의 눈앞은 매번 밤이다. 그리고 밤이 깊어질수록 빛의 영원한 부재, 그러한 빛에 비유될 만한 사랑의 부재가 더욱 부각된다. 한때 인간은 빛이라는 이상 혹은 이상적 사랑을 자연과 신의 무한성에 기대어 언어로 표현할 수 있었다. 허나 신이 없다는 사실을 예감하는 종교적 인간, 사랑의 부재를 체감하는 낭만적 주체에게 지금-여기는 훨씬 더 고통스럽다. 여전히 무한성을 신뢰하는 순진한 영혼이 있을 것이고, 무한성을 추구하지도 신뢰하지도 않는 냉담한 이성도 있을 것이며, 존재하지 않는 무한성을 선언의 형식으로나마 현실에 적용하려는 윤리적 태도도 존재한다. 방금 이야기한 세 부류 가운데 어디에도 속하지 못하는 황유원의 사정을 아래처럼 적확히 보여주는 작품도 없다.

밤의 행글라이더
추락하는 밤의 행글라이더
새도 아니면서
새의 뜨거운 심장도 가지고 있질 않으면서
어찌 보면 새처럼도 보이는
바람에 빌붙어먹는 더러운 행글라이더
나를 달리게 만들고 기어코 뛰어내리게 만드는 사랑하
는 나의
행글라이더
사랑하는 나의 밤의 행글라이더
사랑하는 나의 밤이 지나고 낮이 지나고 다시 찾아온 밤
의 행글라이더
오르면 잠시 용감해지다
이윽고 슬퍼지는
무한한 나의
밤의 행글라이더는 밤의 행글라이더
양날개의 균형을 닮은 이 문장을 주문처럼 반복시키며
나는 그만 이 시를 끝내지만
이 시는 끝나고도 계속 날아가고 있다
밤의 행글라이더는 밤의 행글라이더
밤의 행글라이더는 밤의 행글라이더
                    —「밤의 행글라이더」 부분

시 쓰는 '나'-행글라이더는 밤에 속하여 있다. 저 깜깜한 시간이 세계의 윤곽을 삭제할 때 '나'의 시야와 사유는 잠시나마 무한성을 포착한다. 하지만 밤중 무모하고 용감한 낭만성은 잠깐만 발휘될 뿐이어서 밤의 행글라이더는 이내 슬픔의 바닥으로 추락하고 만다. 뜨거운 심장을 지닌 새의 비행과 달리, 시인의 낭만적 비행은 밤과 꿈, 술과 음악에 의지하지 않고서는 가능하지 않다. 황유원은 무한성을 믿을 만큼 순진하지도, 그것을 아예 거부할 만큼 냉담하지도 못하다. 천명된 무한성이 윤리적 태도로 기능하리라는 기대도 없는 듯하다. 그러기에 시는 너무나도 초라하며 현실은 지나치게 배타적이기 때문이다.

무한성이 잠언이나 아이러니 같은 '말'로 표현되는 시와 그 '말'들을 분석해 시인을 규정하는 비평은 언제나 반만 유효하다. 예를 들어, 신이 존재한다는 선언을 담은 시와, 신이 존재하지 않는다고 주장하는 시의 차이는 말 그대로 말뿐일 수 있다. 「밤의 행글라이더」의 낭만성은 "나는 그만 이 시를 끝내지만/ 이 시는 끝나고도 계속 날아가고 있다"라는 발화로만 해명되는 것이 아니다. 시가 끝나고도 계속 날아간다는 저 말은 분명 아이러니를 품고 있으나 한국시 가운데 그러한 아이러니가 내용상 나타나지 않는 경우는 오히려 드물다. 현대시가 흔히 존재의 시라거나 형식-내용의 유기체적 종합이라거나 하는 말로 규정됨을 상기해보자. 이를 지금 시집에 적용해본다면 시라는 한계적 상황에 놓인 무한성은 소위 내용과 형식이라는 측면 양편에서 관철·관찰되어야 할 것이다. 놀라운 건 황유원에게 있어 그러한 무한성과 연관된 내용-형식의 유기적 얽힘이 애초 일관된 지향이었다는 점이다. "나 혼자 죽을 수 있는 고요와/ 한 자루의/ 총이// 이 세상엔 없다니"(「자동권총」)라는 구절로 마무리되는 소시집 『이 왕관이 나는 마음에 드네』(현대문학, 2019)부터, 아니 훨씬 더 거슬러올라가서 만나게 되는, "가장 길고, 무거운 마음"과 같은 상징적 서두를 품은 데뷔작 「세상의 모든 최대화」부터 이미, 시인은 내용-형식의 일관된 몸짓으로 무한성을 넘보았으며 그렇게 넘보는 방식을 통하여 의미 있는 미학적 실패를 이어왔다.

황유원의 낭만성은 내용적인 동시에 형식적으로 선언된다. 왜 그의 언어는 그토록 무진한 소재를 시 속에 산개해두는가? 엉뚱하게 끊기거나 엇갈려 배치된 문장이, 마침표 하나 없이 강박적으로, 다음 문장과 기어이 연관되는 건 어쩌된 일인가? 어째서 각각의 작품은 빈번히 무한히 이어질 듯 적혀 내려가다가, 너무나도 아무렇게나, 더 나아가도 될 법한 호흡에서 중단되거나 혹은 시적 사유가 계속되리라는 암시만을 남기고 끝이 나는가? 산문적 리듬이 지배하는 이 시집이 박스 형태—무언가를 가두어 완결해놓은 형태로 보이기도 하는—의 산문시 한 편을 허용하지 않는 까닭은? 냉소, 유머, 감상성 등의 특질들이 하나의 작품에서조차 적당히 혼재되어 균일한 어조를 만들어내지 못하고, 그저 꼬리에 꼬리를 물듯 번갈아가며, 시적 언술의 중심으로부터 밀려나갔다 돌아오기를 반복하는 이유는 또 무엇일까? 제목처럼 흡사 영원히 이어질 듯 풀려나가는 「무한대의 밤」이야말로 위와 같은 설의들에 대한 최고로 완결성(?) 높은 예시일 것이다. 시집을 통틀어 가장 인상적인 이 작품은 "깨고 나니 꿈이었다"의 반복과 변주를 통하여 무한성에 이르는 길을 무한히 아름답게 이어-끊어간다. 다짜고짜 튀어나오는 "단 하룻밤 만에 이상한 봄이 왔어요 보도블록 사이에 피어나는 꽃이랑 열대지방에 피어나는 길고 커다란 꽃들이 모두 한꺼번에 난 사진 찍는 거 싫어하는데 그 꽃을 그 모든 꽃을 모조리 다 찍을 수 있는 모든 각도에서 찍어 간직했죠" 같은 감상적인 발화, "몇 달간 밤잠을 설쳐가며 두꺼운 벽돌 책을 다 번역하고서 마침내 뜨거운 욕탕에 들어가 그동안 밀린 한숨을 한꺼번에 휴우— 내쉬었는데" 깨고 나니 그저 꿈이었다는 식의 처량한 유머, "동창회에 가서 자식 자랑을 실컷 하고 친구들에게 등신 소리를 들었다 태어나길 정말 잘했다고 태어나서 스무번째로 생각했다"와 같은 자기 비하 혹은 냉소가 뒤섞인 이 작품은 아래와 같은 문장으로 끝난다. "나는 끝없이 펼쳐진 긴 회랑을 끝도 없이 걷고 있었다"라고.

*

가라타니 고진에 따르면 근대문학은 번역을 매개로 시작

되었기에 근대 이후의 문학적인 감정 역시 처음부터 이성에 의하여 매개된 것이었다. 또 일반적인 편견과 달리 초기 낭만주의는 이성/감정의 계몽주의적 이분법을 지양하기 위하여 이성으로 매개된 감정을 강조하였다. 현대적 낭만주의자이자 번역가인 황유원 시인은 가장 감상적인 태도를 취하는 순간에도 제 감상의 내부로 독자를 끌어들이려 하지 않는다. 독자 또한 시집을 읽어갈수록 감상이 유머로, 유머가 곧 냉소로 끝없이 대체되는 순환에 매혹되기 때문에 그의 언어는 동시대적인 감수성 가운데 유별나고 되레 불온해 보인다.

이성적 사고를 바탕으로 참된 것과 올바른 것을 지향하던 고전주의 시대에 맞선 낭만주의의 흐름은 실로 반동적인 것이었다. 당대 낭만성은 아름다움이라는 가치를 깃발 삼아 주류적 사유에 저항하는 전위의 역할을 감당했다. 그렇다면 내용―형식이라는 내재적 일관성을 통해 시집의 낭만성을 확정하고 그 효과를 파악하는 일 외에도 우리는 『초자연적 3D 프린팅』에 관하여 다음과 같은 물음을 제기해볼 만하다. 황유원의 낭만성은 현재적 주류에 대하여 불온하고 반동적인 성격을 띠는가? 실제로 그렇다면 그가 저항하는 현대시의 주류적 가치란 대체 무엇일까? 단언하건대 황유원의 언어가 독자에게 새로운 이유는 결코 그 언어가 낭만주의의 복고적 분위기를 풍기는 방식으로 현재라는 세련된 맥락 속에 놓였기 때문이 아니다. 그러한 새로움이란 신축 아파트 거실에 놓인 레트로 스타일 티브이를 쳐다볼 때의 새로움과 다르지 않다. 황유원이 각별해 보이는 까닭은 그의 언어가 현대시의 가장 현재적인 것들—통속성까지를 포함하여—과 동떨어진 방식으로 자기 낭만성을 내세워서이다.

황유원이 무엇에 저항하는지 알아보는 가장 손쉬운 방법은 그의 언어가 의도적으로든 그저 결과적으로든 제쳐두고 있는, 현재적이며 동시에 문학적인 특성들을 찾아보는 것이다. 시집을 읽는 동시대 독자들이 특히 주목해볼 지점은 현대적인 황유원의 언어가 현재적인 것들과 자기를 변별하는 방식이다. 근대 이후 문학은 자명한 진리 혹은 윤리가 아닌 개인과 일상에 시선을 던짐으로써 미학적 정체성을 확보하였고 이와 같은 특성은 '사적인 것의 발견'이라는 말로 요약될 수 있다. 중언부언과 독백의 형식으로 '나'라는 개인-세계의 구체성을 전면화하는 황유원의 작업 역시 사적인 것의 발견을 통해 시적인 것의 경계를 꾸준히 넓혀온 현대적 시 쓰기의 경향에 속한다. 하지만 2010년 이후 한국문학은 신자유주의가 강화한 각자도생의 논리, 국내의 거듭된 참사, 문단 내 성폭력 등을 목도하면서 윤리적인 목소리에 힘을 싣지 않을 수 없었다. 고통받는 타인과 무너진 공동체를 향해 손을 내밀어야 한다는 시대의 요구가 확연하였고 이에 대한 시적 대응으로 진(眞)과 선(善)이라는 가치가 강조되는 상황에서, 미(美)를 추구하는 현대적 낭만성은 현재적 요청에 거리를 두는 방식으로 존재하게 된다. 황유원의 언어가 참된 것만큼이나 올바른 것 또한 시의 본령으로 여기

지 않는다는 점은 분명해 보인다. 지금으로서 시가 윤리적
인 발화이기를 요구하는 일은 전혀 틀리지 않다. 다만 시를
곧 태도로 여기는 시류와 긴장 관계를 이루는 현대적 낭만
성이 보다 덜 중요하리라는 확신도 섣부른 것이리라. 게다
가 지극히 개인적인 욕망과 결핍, 충동을 들여다보지 않으
려는 문학이 오히려 통속적이며 반윤리적일 수 있다는 사실
은 문학사를 돌아보아도 드물지 않게 드러난다.

*

'시인의 말' 가운데 하나의 연을 다시 인용하며 글을 소박
하게 마치려 한다.

1)
그리고 무엇보다도 시는
마음이 없으면 필요 없어진다

2)
그리고 무엇보다도 시는
마음이 없으면 **필요**
없어진다[1]

---

1) 강조는 필자

1)은 원문 형태를 그대로 인용하였고 2)는 이전 연들의 규칙을 적용하여 필자가 재배치한 형식이다. '시인의 말'을 읽으며 생각해보았다. 어째서 시인은 반복된 규칙성을 따라 2)처럼 적지 않았을까? 그런데 막상 2)처럼 고쳐서 적고 나니, 읽을수록 '시'가 어떤 '필요' 같고, 정녕 그 필요를 다하면 '없어지는' 것인지 자꾸만 회의하게 된다. 반면 시인의 의도대로 옮긴 1)의 뉘앙스는 그렇지 않아서 훨씬 좋다. 저 본래 내용-형식이 주장하는바 시는 필요도 아니며 없어지지도 않을 것이다. '마음이 없으면 시도 없어진다'는 맥락은 여전하나 그건 크게 신경쓰지 않아도 될 듯하다. 실제로 시는 감각적·윤리적 필요와 무관해서 우리는 시 없이도 잘 살아간다. 하지만 마음이 있는 한 시는 없어지지 않고 거기에 그대로 있다. 그렇게 시인이 조금은 낭만적으로 말해주는 것 같다. 그래서 좋다.

황유원 2013년 『문학동네』를 통해 등단했다. 서강대학교 종교학과와 철학과를 졸업했고 동국대학교 대학원 인도철학과 박사 과정을 수료했다. 시집 『세상의 모든 최대화』, 소시집 『이 왕관이 나는 마음에 드네』가 있다. 김수영문학상, 대한민국예술원 젊은예술가상을 수상했다.

문학동네시인선 177

초자연적 3D 프린팅

ⓒ 황유원 2022

1판 1쇄 2022년 8월 5일
1판 2쇄 2022년 8월 31일

지은이 | 황유원
책임편집 | 이재현
편집 | 강윤정
디자인 | 수류산방(樹流山房)
본문 디자인 | 유현아
마케팅 | 정민호 이숙재 박치우 한민아 이민경 안남영 김수현 정경주
브랜딩 | 함유지 함근아 김희숙 박민재 박진희 정승민
제작 | 강신은 김동욱 임현식
제작처 | 영신사

펴낸곳 | (주)문학동네
펴낸이 | 김소영
출판등록 | 1993년 10월 22일 제2003-000045호
주소 | 10881 경기도 파주시 회동길 210
전자우편 | editor@munhak.com
대표전화 | 031) 955-8888 팩스 | 031) 955-8855
문의전화 | 031) 955-3578(마케팅), 031) 955-1920(편집)
문학동네카페 | http://cafe.naver.com/mhdn
인스타그램 | @munhakdongne 트위터 | @munhakdongne
북클럽문학동네 | http://bookclubmunhak.com

ISBN 978-89-546-8768-3 03810

문학동네